www.ingramcontent.com/pod-product-compliance
Lightning Source LLC
LaVergne TN
LVHW050759051026
849532LV00008B/2918
9789358728477

کشمیر کی کلی

(ناولٹ)

الیاس سیتاپوری

Kashmir ki Kali *(Novelette)*
by: Ilyas Sitapuri
Edition: March '2025
Publisher :
Taemeer Publications LLC (Michigan, USA / Hyderabad, India)

ISBN 978-93-5872-847-7

کتاب	:	**کشمیر کی کلی** (ناولٹ)
مصنف	:	**الیاس سیتاپوری**
صنف	:	تاریخی فکشن
ناشر	:	تعمیر پبلی کیشنز (حیدرآباد، انڈیا)
سالِ اشاعت	:	۲۰۲۵ء
صفحات	:	۷۶
سرورق ڈیزائن	:	تعمیر ویب ڈیزائن

کشمیر کی کلی

شازی کو لکھنؤ بالکل پسند نہ آیا۔ اس نے یہ خیال کشمیر سے مہینوں سفر کی صعوبتیں اور دشواریاں اس توقع میں جھیلی تھیں کہ اس کے خیال میں پوری دنیا اس کے وطن کشمیر کی طرح حسین اور دلکش ہوگی لیکن جب وہ دریائے راوی کو پیچھے چھوڑتی ہوئی گنگا جمنا کے دوآبے میں داخل ہوئی تو اسے یہاں کی ہر چیز اپنے وطن سے مختلف اور تکلیف دہ محسوس ہوئی۔ یہاں نہ تو پہاڑ تھے، نہ درے نہ گھاٹیاں نہ سرسبز وادیاں، گنگناتے چشمے نہ خنک ہوائیں، اور پرے دور بلندی پر دھوپ میں چمکتے ہوئے برف کے گلیشیر انواع واقسام کے پھلوں سے لدے مہکتے درخت، طرح طرح کے پھولوں سے آراستہ قطعات جنت کی ساری نشانیاں تو وہ اپنے وطن میں چھوڑ آئی تھی، اودھ میں ان کے بدلے اسے کیا ملا؟ خاک دھول اور منحنی لوگ، سانولے کالے گورے، گندمی کون سا رنگ تھا جو یہاں والوں میں نہ تھا۔ یہاں کی ہر چیز میں انتشار اور بدنظمی پائی جاتی تھی، یہاں چنار کی جگہ املی، ببول، جامن اور آم کے بڑے بڑے درخت ہر طرف پھیلے ہوئے تھے، شازی کی طبیعت میں لالچ نہ ہوتا تو وہ ایک پل بھی لکھنؤ میں نہ ٹھہرتی۔

اسے اس کا استاد میر فدو بڑے سبز باغ دکھا کے لکھنؤ لایا تھا۔ میر فدو اس کا استاد بھی تھا اور ایک طرح سے باپ بھی، کیونکہ شازی نے جب سے ہوش سنبھالا تھا میر فدو ہی اس کا سب کچھ تھا، حالانکہ بعض لوگوں نے اسے یہ بتا دیا تھا کہ میر فدو اسے بچپنے ہی میں کہیں سے اغوا کر لایا تھا اور نہایت محنت اور توجہ سے اس کی پرورش کی تھی، میر فدو ناچ گانے کا بے مثل استاد تھا چنانچہ شازی نے یہ دونوں فن اسی سے حاصل کئے تھے طبیعت میں فطری طور پر فنون لطیفہ کا مذاق موجود تھا اس لئے وہ رقص و موسیقی میں بڑی جلدی بہت اچھی رقاصہ اور مغنیہ بن گئی، جب وہ گاتی تو طبیعت میں ایک لہر سی اٹھتی اور اس لہر میں ایک نشہ سا ہوتا جس کی سرخوشی اس کے سارے وجود کو سرشار اور پرخمار کر دیتی۔ اسی طرح جب وہ محو رقص ہوتی تو اس کا ہر ہر عضو تھرکنے پھڑکنے لگتا۔ گھنگھروؤں کی آواز پیروں میں، حرکت دل میں لائے طبیعت میں جوش و سرور اور خون میں تیزی اور گرمی پیدا ہو جاتی، ان دونوں کمالوں کے سوا اسے حسن بھی ایسا عطا ہوا تھا کہ بڑے سے بڑا سرکش بھی اسے ایک نظر دیکھ لینے کے بعد اپنی گردن جھکا دینے پر مجبور ہو جاتا۔

میر فدو نے جب یہ دیکھا کہ کشمیر میں شازی کے صحیح قدر دان کا ملنا ناممکن ہے تو اس نے ایک دور دراز خطے اودھ کا رخ کیا۔ اودھ کے نوابوں کی رنگینیٔ طبع، عیش پرستی اور داد و دہش کا دور دور شہرہ تھا اس نے سن رکھا تھا کہ یہاں کا نواب عقل کا اندھا لیکن گانٹھ کا پورا ہوتا ہے بخشش اور انعام میں جتنی کشادہ دلی یہاں پائی جاتی تھی، پورے ہندوستان میں اس کی کوئی دوسری مثال نہ ملتی تھی۔

لکھنؤ پہنچنے کے بعد دربار اودھ میں رسائی ایک دشوار مسئلہ تھا ہم پیشہ حضرات میں ایک قسم کی جلن

پائی جاتی تھی اور حسد اور رقابت میں وہ ایسی تدبیریں کرتے رہتے کہ شازی نواب نصیر الدین حیدر تک نہ پہنچ سکے لیکن میر فدو ہار ماننے والا کب تھا۔ شازی کے حسن اور رقص و موسیقی کا شہرہ خود بخود ہو رہا تھا ایک دن شہر کوتوال بختاور سنگھ کے کانوں میں بھی یہ بات پہنچی، رات کے اندھیرے میں لوگوں کی نظروں سے چھپا ہوا بختاور سنگھ شازی کے در پر پہنچ گیا۔ اگر لکھنؤ کی جگہ یہ کوئی اور شہر ہوتا تو بختاور سنگھ ذرا بھی خوف نہ کھاتا اور بے دھڑک دن دہاڑے شازی کے پاس پہنچ جاتا لیکن یہ لکھنؤ تھا۔ اودھ کا دار الخلافہ اودھ کا شوقین مزاج اور حسن پرست نواب نصیر الدین حیدر اسی شہر میں رہتا تھا اور یہ بات نواب کے لئے بے حد ہتک آمیز اور افسوسناک تھی کہ اس کے ہوتے ہوئے شازی جیسی حسین اور باکمال رقاصہ اور مغنیہ کسی دوسرے شخص کی آغوش کی زینت بنے ریاست کے ہر شخص کی ذمہ داری تھی کہ وہ جب اور جہاں کہیں بھی کوئی حسین اور باکمال عورت کو دیکھے تو اس کی اطلاع نواب تک ضرور پہنچائے ورنہ خیانتِ مجرمانہ کا مجرم ٹھہرتا اور کسی خوفناک سزا کا مستحق قرار پاتا۔

شازی جس مکان میں ٹھہری تھی وہ کچھ زیادہ شاندار نہ تھا اس کے اوپری حصے میں صاحبِ خانہ کا خاندان رہتا تھا جو انگریزی فوج میں سپاہی کی حیثیت سے ملازم تھا اور اس کی زیادہ تر رہائش کانپور میں رہتی تھی کبھی کبھار ایک آدھ ماہ کے لئے آتا اور پھر واپس چلا جاتا۔ یہ ان دنوں کی بات ہے جب کمپنی اور نواب اودھ کے مابین یہ معاہدہ ہو چکا تھا کہ نواب اودھ فوج نہیں رکھ سکے گا۔

معمولی قسم کے جھاڑ فانوس روشن تھے، ان کی روشنی میں جب بختاور سنگھ اپنے مخصوص لباس میں پستول لگائے میر فدو کی اجازت سے اندر داخل ہوا تو شازی خوفزدہ ہو گئی، اس کی بڑی بڑی بچھو کے ڈنک کی طرح اوپر کو اٹھی ہوئی مونچھیں کچھ زیادہ ہی خوف زدہ کر رہی تھیں، موقع شناس میر فدو ذرا بھی خائف نہ تھا اسے خوب اندازہ تھا کہ خوش قسمتی سے خدا نے خود ہی ایک ایسے آدمی کو اس کے پاس بھیج دیا ہے جو اس کی شازی کو باآسانی نواب اودھ کی خدمت میں پہنچا سکتا تھا۔ بختاور سنگھ کو میر فدو کی ذہانت یا چالاکی کا کوئی علم نہ تھا۔

جب وہ گاؤ تکیے سے ٹیک لگا کے نوابوں کی طرح شازی کے روبرو بیٹھا اور فانوس کی روشنی میں اس نے شازی کے قیامت خیز حسن پر نظر ڈالی تو وہ کہیں کا بھی نہ رہا بس دیکھتا کا دیکھتا ہی رہ گیا شازی کے کالے کالے گھونگریالے بالوں کی موٹی چوٹی جس میں سرخ موباف پڑا ہوا تھا۔ پشت پر پڑی ہوئی تھی آبِ رواں کا باریک دوپٹہ سر پر پڑا تھا اور اس نے سڈول شانوں کو کچھ اس طرح ڈھانپ رکھا تھا کہ بازو پھر بھی کھلے رہتے تھے اور یہ بذاتِ خود اتنا باریک تھا کہ اندر سے نظر آنے والی ہر شے دلکشی اور حسن میں دوبالا ہو گئی تھی۔ زرد چمکدار رومی اطلس کا پاجامہ اس کے سڈول کولہے پر ایسی بہار دکھا رہا تھا کہ بختاور سنگھ کی کوتوالی کا نشہ ہرن ہو گیا۔ تھوڑی دیر پہلے جب وہ یہاں داخل ہوا تھا تو اس کا خیال تھا کہ وہ اپنے عہدے کے دھونس پٹے سے کام نکال کے اپنی راہ لے گا

لیکن جب شازی کو دیکھا تو پتا چلا کہ یہ معاملہ صرف چند لمحوں کا ہی نہیں ہے بلکہ وہ اس کا مستقل اسیر ہو چکا ہے بختاور سنگھ کے دل میں خواہش پیدا ہوئی کہ وہ کسی طرح شازی کو مستقل ہی اپنے گھر میں ڈال لے لیکن مصیبت یہ تھی کہ شازی مسلمان تھی اور بختاور سنگھ ہندو۔

میر فدو نے نہایت ادب سے اس کے سامنے حقہ لا رکھ دیا اور شازی خاصدان میں گلوریاں لگا لائی۔

بختاور سنگھ حقے کا کش لے کر دھوئیں کو چھوڑتا ہوا میر فدو سے مخاطب ہوا۔ "تمہیں کشمیر سے یہاں آتے کتنا عرصہ ہوا ہے؟"

میر فدو نے ہاتھ باندھ کے عرض کیا۔ "بندہ پرور! صرف ایک ہفتہ!"

"یہ مکان کرائے کا ہے؟"

"جی بندہ پرور!"

بختاور سنگھ نے شازی کو لگاوٹ کی نظروں سے دیکھا اور میر فدو سے مخاطب ہوا۔ "اب کیا ارادے ہیں؟"

میر فدو نے دغا کا تیر چلایا۔ "غریب پرور! کیا غریب اور کیا غریب کا ارادہ، فدوی نے دربار اودھ کی بڑی تعریفیں سن رکھی تھیں، معلوم ہوا تھا کہ اودھ کا نواب حسن، فن اور ہنر کا سچا قدردان ہے اور ان چیزوں کی صحیح قیمت لگاتا ہے بس اسی خوش خیالی اور خوش فہمی میں بندہ لکھنؤ وارد ہوا تھا سو اب یہ فکر کھائے جا رہی ہے کہ نواب اودھ کی پابوسی کس طرح حاصل ہو؟"

بختاور سنگھ کسی سوچ میں پڑ گیا۔ کچھ دیر سر جھکائے سوچتا رہا، پھر مردہ سی آواز میں بولا۔ "نواب اودھ کی سرکار بہت بڑی چیز ہے، وہاں تک ہر کس و ناکس کی رسائی بڑی دشوار بات ہے ظاہر ہے کہ تمہارے فن اور ہنر کی جو قیمت قبلہ نواب صاحب ادا کریں گے ہم تابعداروں کی کیا حیثیت جو اس کا تصور بھی اپنے دل میں لائیں، لیکن یہ ضرور ہے کہ ہم بھی چونکہ اسی دربار سے وابستہ ہیں اس لئے حسن، فن اور ہنر کی پرکھ ہمیں بھی آ گئی ہے اور ان کی صحیح قدر و قیمت سے ہم متوسلان دربار بھی کسی حد تک آگاہ ہو گئے ہیں گو کہ ہم کسی شے کی وہ قیمت نہیں ادا کر سکتے جس کی نواب اودھ سے توقع کی جا سکتی ہے لیکن پھر بھی قریب قریب کچھ کمی کے ساتھ تو قیمت ادا ہی کر سکتے ہیں!"

میر فدو ایک ہی کائیاں تھا، کہنے لگا۔ "قبلہ! اگر راگ رنگ سے دل بہلانا مقصود ہے تو شازی کو حکم دیجیے۔ آپ کی طبیعت خوش کر دے گی، رہا اس کے حسن، ہنر اور فن کی قیمت کا معاملہ تو غریب پرور! بندہ اپنے طور پر کہہ سکتا ہے کہ یہ دُرِ بے مثال قبلہ نواب نصیر الدین حیدر تک پہنچ جاتے بس وہ شرفِ باریابی ہی اگر بخش دیں گے تو میں سمجھوں گا کہ میری محنتوں اور شازی کے بے مثل حسن و ہنر کی قیمت مل گئی!"

بختاور سنگھ چپکا ہو رہا، یہ لکھنؤ، خاص لکھنؤ کا معاملہ تھا اگر کسی طرح یہ خبر نواب تک پہنچ جائے تو اس کی زندگی

محال ہو جائے گی۔ مجبوراً صبر وضبط کے گھونٹ اتارتے رہے۔ شازی معصومیت سے دونوں کی باتیں سن رہی تھی۔ ایسا لگتا تھا جیسے وہ کچھ جانتی ہی نہ ہو۔

بختاور سنگھ نے افسردگی سے حکم دیا۔ "موسیقی چھیڑی جائے!"

میر فدو ذرا سی دیر کے لئے سامنے سے ہٹ گیا۔ وہ سنگت والوں کو بلانے گیا تھا جو مکان کی باہری کوٹھری میں ٹھہرے ہوتے تھے۔ ذرا تخلیہ جو ملا تو بختاور سنگھ نے معصوم صورت، بھولی بھالی شازی پر طمع کا جال پھینکا۔ "تمہارا نام کیا ہے؟"

"شازی!"

"نام تو بڑا پیارا ہے!"

"شکریہ۔ نوازش!"

"سنو، کیا تم کو اپنی اس زندگی سے گھن نہیں آتی؟"

"کیسی گھن؟" شازی نے بڑی بڑی مخمور آنکھوں سے اسے دیکھ کر بھولپن سے سوال کیا۔

"یہی کہ تمہیں مالِ تجارت کی طرح استعمال کیا جاتا ہے!" بختاور سنگھ نے ابھی بات پوری بھی نہ کی تھی کہ میر فدو کے ساتھ کئی آدمیوں کے قدموں کی آہٹ سنائی دینے لگی۔ بختاور سنگھ نے جلدی جلدی لیکن آہستہ سے کہا: "شازی، میں تم سے پھر ملوں گا اور تفصیل سے باتیں کروں گا۔"

شازی نے کوئی جواب نہ دیا۔

میر فدو کے ساتھ سنگت کے کئی آدمی مختلف سازوں کو سنبھالے ہوئے شازی کے ارد گرد آکر بیٹھ گئے، میر فدو نے بختاور سنگھ کا ان سے تعارف کرایا۔ کوتوال صاحب کو جھک کر کورنش و تسلیمات بجا لائی گئی۔

سازوں پر انگلیاں، انگوٹھے اور نغمے کی چوٹیں پڑیں، شازی نے آہستہ سے منہ کھولا اور ذرا سی دیر میں ایک سماں بندھ گیا۔ کوتوال صاحب کے قلب و جگر میں ایک آگ سی لگ گئی، ہوش و خرد ساز و آواز کے شکار ہو گئے ایک ایک مصرعے اور ایک ایک شعر پر بختاور سنگھ کی وہ کیفیت ہوئی جو محفلِ سماع میں اللہ والوں کی ہوا کرتی ہے۔

یہ محفل ایک گھنٹے جمی رہی اور ساز و آواز کے جادو جگاتے جاتے رہے اوپر سے صاحبِ خانہ کے بیوی بچے بھی مزہ لے رہے تھے وہ اپنی چھت کے کناروں پر جھکے ہوئے لطف اندوز ہو رہے تھے۔

اختتام پر خوش ہو کے بختاور سنگھ نے شازی کو بیس اشرفیاں پیش کیں، اس نے اشرفیاں وصول کر کے میر فدو کی طرف بڑھا دیں اور مسکراتے ہوئے شکرانے کے طور پر کئی تسلیمات بجا لائی۔

اس محفل سے اٹھنے کو جی تو نہ چاہتا تھا لیکن ڈرتا تھا کہ یہ خبر کہیں کسی طرح نواب صاحب تک نہ پہنچ جائے۔ اٹھا اور

اور اس طرح اٹھا۔ گویا اپنا سب کچھ اسی محفل میں شازی کے پاس چھوڑ کے اٹھ رہا ہو، جاتے جاتے کئی بار رکا اور شازی کو دیکھا، شازی نے یہ ستم کیا کہ جب بھی نظریں ملیں، مسکرادی اور کچھ اس طرح دیکھا گویا کہہ رہی ہو "کوتوال صاحب! پھر تشریف ضرور لائیے گا!"

اور کوتوال جیسا جہاں دیدہ اور تجربے کار بھی اس خوش فہمی کا شکار ہو گیا کہ اس کی جسمانی وجاہت، اعلیٰ منصب، شاندار مونچھیں اور بیس اشرفیوں کی بخشش نے ضرور شازی کے دل کو جیت لیا ہے، دل میں سوچا کہ "چلو جی اگر میر فدو مخالفت بھی کرے گا تو ہمارا کیا لے گا۔ اگر شازی کے دل کو جیت لیا جائے تو پھر دشوار مسئلہ ہی کیا رہ جائے گا" اور شازی کی لگاوٹ کی مسکراہٹ اور نظروں سے ٹپکنے والا دوبارہ بلانے کا پیغام، یہ دونوں ایسے اشارے تھے کہ بختاور سنگھ نے اپنی دانست میں بازی جیت لی تھی۔

بختاور سنگھ کے چلے جانے کے بعد میر فدو کا موڈ ہی بگڑ گیا۔ خوش اخلاقی اور نرمی کے وہ آثار جو اس کے چہرے اور اس کی ذرا ذرا سی حرکت سے ظاہر ہو رہے تھے ایک دم زائل ہو گئے اور اس کے چہرے پر درشتی اور نفرت کی کیفیت پیدا ہو گئی۔ اس نے سازندوں کو واپس جانے کا حکم دیا جو فوراً ہی چلے گئے۔ شازی اپنی چوٹی سے کھیل رہی تھی، پہلے بالوں پر انگلیاں پھیرتی رہی، پھر چوٹی کے موباف کی ڈھیلی بندش کو سخت کرنے لگی، وہ سوچ رہی تھی کہ بختاور سنگھ آدمی کیسا ہی کیوں نہ ہو لیکن چند دنوں تک کے لئے اس کی قربت اور رفاقت بری نہیں ہو سکتی، اس نے صرف ایک گھنٹے کی تفریح کی قیمت بیس اشرفیوں سے ادا کر دی تھی، شازی سمجھتی تھی کہ اس کی یہ قیمت بہت زیادہ ہے، اسے بختاور سنگھ کی بچھو کی دم جیسی مونچھ بڑی دلچسپ لگی تھی اس میں اگر کوئی عیب شازی کے نزدیک تھا تو یہ تھا کہ وہ ہندو تھا بس یہی بات اس کے لئے تکلیف دہ یا ناقابل برداشت تھی۔

وہ انہی خیالات میں گم تھی اور میر فدو اس کے چہرے کے اتار چڑھاؤ اور غور و فکر سے اس کے دل میں اترا چلا جا رہا تھا۔ یکایک اس کی اشرفیوں والی مٹھی اوپر اٹھی اور اس نے پوری قوت سے غصے کے ساتھ انہیں گاؤ تکیے پر دے مارا، تیز چھناکے کی آواز پر شازی بھی چونک پڑی۔

میر فدو غصے سے بڑبڑا رہا تھا "قدر ناشناس! ہندو بنئے کی اولاد، کوتوالی کے نشے میں بیس اشرفیاں دے کر احمق یہ سمجھتا ہے کہ اس نے میری شازی کی آواز اور فن کی بڑی بھاری قیمت ادا کر دی ہے، لیکن اسے یہ نہیں معلوم کہ اگر یہی ایک گھنٹہ نواب نصیر الدین حیدر کی خدمتِ عالی میں صرف کیا جاتا تو وہاں سے کم از کم ایک ہزار اشرفیاں ضرور ملتیں"۔ اس کے بعد اچانک شازی کی طرف گھوم گیا۔ "او شازی! میری بات سن، یہ کل پھر آئے گا جیسے ہی آتے چپ چاپ اندر چلی جانا اور سر میں رومال باندھ کر لیٹ رہنا، گویا تیرے سر میں

سخت درد ہو رہا ہے۔ میں نہیں چاہتا کہ یہ بنیا پھر کبھی بھی یہاں آئے۔"

شازی نے دبے لفظوں میں کوتوال کی وکالت کی۔ بولی "ایک گھنٹے کی بیس اشرفیاں، یہ کوئی معمولی رقم تو نہیں ہے۔"

میر فدو اور سا آگ ہو گیا، وہ گرجا۔ "تجربہ میرا زیادہ ہے یا تیرا؟ یہ تو میں جانتا ہوں کہ تیری قیمت کیا ہے۔ یہ بنیئے کی اولاد کیا تیری قیمت لگائے گا۔"

شازی چپ ہو رہی۔ میر فدو کچھ دم لے کر بولا۔ "اور پھر تو یہ کیوں نہیں سوچتی کہ تو مسلمان ہے اور بجنا ور سنگھ ہندو، آخر قومی غیرت بھی تو کوئی چیز ہے۔"

شازی کو اس کی باتیں سخت ناگوار گزر رہی تھیں، جل کر بولی "گستاخی معاف اگر ہم دکان کھول کے تاجر بن کے بیٹھے ہیں تو ہمیں اس کی فکر بھی نہیں کرنی چاہیے کہ گاہک ہندو ہے یا مسلمان، دکانداری میں تو ہر مذہب و ملت کے گاہک آئیں گے۔"

میر فدو نے مشتعل ہو کے مارنے کے لئے ہاتھ اٹھایا لیکن پھر اسے ایسا محسوس ہوا کہ اوپر صاحب خانہ کے بیوی بچے بھی ان کی باتیں سن اور دیکھ رہے ہیں۔ بغیر مارے ہی ہاتھ نیچے گرا دیا اور دانت کٹکٹا کر بولا۔

"بہتر ہے اگر تو یہ سمجھ بیٹھی ہے کہ تیرے لئے یہ کوتوال بہت اچھا آدمی ہے تو اب جب آئے تم اس کا دامن پکڑ کے اس کے گھر چلی جائیو، جہاں اس کی ایک بیوی، بہت سارے بچے اور کئی داشتائیں تیرا شاندار استقبال کریں گی۔"

شازی روہانسی ہو گئی، کہنے لگی۔ "آپ تو خواہ مخواہ مشتعل ہو رہے ہیں، ورنہ میں آپ کو یقین دلاتی ہوں کہ اس کوتوال کے بچے سے میں ذرا بھی متاثر نہیں، مجھے تو اس کے سراپے اور مونچھوں پر بے ساختہ ہنسی آتی ہے۔"

میر فدو کی طبیعت ذرا ٹھکانے آئی۔ "شازی! ہم تیرے دشمن نہیں ہیں۔" وہ دھیرے دھیرے سمجھانے کے انداز میں بولا۔ "ہم نے تیری تعلیم و تربیت پر کیسی کچھ محنت کی ہے اور کتنا پیسہ خرچ کیا ہے ہم نے اپنے اس پیشے میں ایک دنیا دیکھی ہے اور ہمیں خوب معلوم ہے کہ تیرے حسن اور ہنر کی اصل قیمت کیا ہے؟ اگر تو نے ہمارا کہا مانا اور ہمارے مشوروں پر عمل کیا تو بس تجھے یہ یقین دلاتا ہوں کہ اس شہر لکھنؤ میں کثیر نقدی اور بیشمار ساز و سامان کے علاوہ کئی شاندار حویلیاں تیری ملکیت میں ہوں گی اور کوئی عجب نہیں کہ تو شازی سے کوئی "بیگم" یا "محل" بن جائے اس وقت ہم بھی محنتوں کا کچھ صلہ پالیں گے اور تیرے زیر سایہ زندگی کے آخری دن گزار دیں گے۔"

میر فدو کی باتوں کا اس پر گہرا اثر ہوا، اس نے سوچا اب کچھ بھی ہو، بجنا ور سنگھ کیسے ہی سبز باغ

کیوں نہ دکھائے، وہ اس کی باتوں میں نہیں آئے گی اور بے مہری اور کج روی کا اظہار کرے گی، لیکن جب وہ یہ سب سوچ رہی تھی، اسی عالم میں میر فدو کی آواز سنائی دی، وہ کہہ رہا تھا: "لیکن اب اس کا یہ مطلب بھی نہیں کہ تو بجناور سنگھ کو بالکل نظر انداز ہی کر دے۔ میرا تو ان تمام باتوں سے مقصد یہ تھا کہ کہیں تو اس چالاک اور عیار آدمی کی باتوں میں نہ آ جائے اگر تو میری باتوں کو اچھی طرح سمجھ گئی ہے تو اب جب بھی بجناور سنگھ آئے خوش اخلاقی سے مسکراتے ہوئے اس کا استقبال کرنا، بات میں اور ہر ادا سے لگاوٹ کا اظہار کرنا اور اپنی ان باتوں کی اچھی سے اچھی اور زیادہ سے زیادہ قیمت وصول کرنے کی کوشش کرنا۔" پھر گاؤ تکیے کی طرف بڑھا اور اشرفیاں سمیٹتا ہوا بولا: "میرا خیال ہے کہ تو میری بات خوب اچھی طرح سمجھ گئی ہو گی جیسا کہ تو نے ابھی ابھی یہ کہا تھا کہ ہم کو کیا مطلب، وہ کون ہے، ہم کو تو اپنے کام سے کام ہے، یہاں ہمیں اپنے نفع سے کام ہے، کون کیا کرتا ہے، ہندو ہے یا مسلمان ہمیں واقعی ان جھگڑوں میں نہیں پڑنا چاہیے۔"

اس نے ساری ہی اشرفیاں چن لیں، اور مسکراتے ہوئے آگے بڑھ کے نہایت شفقت سے شازی کے سر پر ہاتھ پھیرا، وہ میر فدو کے سینے سے لگ گئی وہ اس کی پشت آہستہ آہستہ تھپتھپاتا رہا۔

کئی دن گزر گئے لیکن بجناور سنگھ پھر نہ آیا۔ شازی اور میر فدو دونوں ہی اس کے منتظر تھے ان کا خیال تھا کہ جب تک نواب اودھ کے دربار میں رسائی نہیں ہوتی، اس قسم کے قدر دان بہت ضروری ہیں میر فدو کو شبہ گزرا کہ ضرور بجناور سنگھ کو یہاں کی کوئی بات گراں گزری ہے جس سے وہ کھنچ گیا ہے اس نے شازی سے دریافت کیا: "بیٹی شازی! ذرا اپنے ذہن پر زور دے کر سوچ کے یہ بتا کہ اس رات تجھ سے کوئی ایسی حرکت تو نہیں سرزد ہو گئی تھی جس کا بجناور سنگھ برا مان گیا ہو۔"

شازی کی شوخی سنجیدگی سے بولی: "جہاں تک مجھے یاد آتا ہے مجھ سے تو کوئی ایسی ویسی حرکت سرزد نہیں ہوئی تھی جس کا کہ قوال صاحب برا مانتے لیکن سوچتی ہوں کہ آپ کی اشرفیاں پھینکنے والی بات، ان کے کانوں تک کسی طرح ضرور پہنچ گئی ہے۔"

میر فدو فکر مند ہو گیا: "یہ بات اس کے کانوں تک کس طرح پہنچی ہے اسے تو میرے اور تیرے سوا کوئی بھی نہیں جانتا تھا۔"

"ہو سکتا ہے کہ آپ ہی کا خیال صحیح ہو" وہ کہنے لگی: "لیکن مجھے کچھ شبہ گزرتا ہے کہ ہمارے سازندوں میں سے کسی ایک نے آپ کی یہ حرکت دیکھ لی تھی اور شاید چھپ کر ہماری باتیں بھی سن لی تھیں، ممکن ہے بجناور سنگھ کسی وقت آیا ہو اور باہر ہی اسے ہماری ساری باتیں معلوم ہو گئی ہوں اور وہ ناراض ہو کے واپس چلا گیا ہو۔"

"بہت برا ہوا!" میر فدو اور زیادہ فکر مند ہو گیا: "ہمیں کوشش کر کے اس غلط فہمی کو دور کرنا چاہیے ورنہ

یہ یاد رکھو کہ وہ شہر کوتوال ہے ہمارے خلاف کوئی بھی مصیبت کھڑی کرسکتا ہے"

اسی دوران ایک دس گیارہ سال کا لڑکا اندر داخل ہو گیا۔ ڈھیلے ڈھالے پاجامے اور تن زیب کے کرتے میں ملبوس کہ آستینیں کہنیوں سے نیچے تک چڑھی ہوئی، کرتے میں سوتی کے بٹن ٹکے ہوئے سر پر دو پلی ٹوپی، پیروں میں سلیپر، رنگ کھلتا ہوا گندمی، اس نے ایک نظر شازی پر ڈالی اور پھر جیسے ہی میر فدو سے نظریں چار ہوئیں، الٹے پیروں واپس ہوا اور یہ جا وہ جا۔ معلوم نہیں کہاں غائب ہو گیا۔ میر فدو تو پہلے ہی خوف زدہ ہو رہا تھا لڑکے کے پیچھے باہر آیا اور ادھر ادھر اس لڑکے کو تلاش کرنے لگا۔ سازندے نے سامنے کی گلی کی طرف اشارہ کرتے ہوئے بتایا کہ وہ گھر سے نکل کر اس گلی میں داخل ہوا تھا پھر آگے جا کر بائیں ہاتھ کی گلی میں مڑ گیا۔

میر فدو تیز تیز قدم اٹھاتا اس طرف چل پڑا اور جلدی ہی نظروں سے اوجھل ہو گیا۔

اسی لمحے معلوم نہیں کدھر سے وہی لڑکا پھر اندر داخل ہو گیا۔ تیر کی طرح شازی کے پاس پہنچا اور اس کے ایک ہاتھ میں لفافہ اور دوسرے ہاتھ میں ایک تھیلی تھما دی اور فوراً واپس ہوتا ہوا بولا۔" میں شام تک کسی بھی وقت دوبارہ آؤں گا اس کا جواب تیار رکھیے گا۔ میں اسے لے جاؤں گا"

اور وہ اسی وقت واپس چلا گیا۔

شازی نے لفافے کو الٹ پلٹ کر دیکھا اس پر خطِ شکست میں تحریر تھا: "اپنی جان شازی کے لیے"۔

اس کے بعد اس نے تھیلی کو ٹٹولا، اس کا منہ کھول کر الٹ دیا۔ کھنکھناتی ہوئی بہت ساری اشرفیاں باہر نکل پڑیں، اس نے انہیں گنا۔ پوری سو تھیں، اس کے بعد اس نے لفافے کو چاک کیا اور اس میں سے خط کا پرزہ نکال کر پڑھنے لگی: ۔ اس میں لکھا تھا: ۔

شازی ۔ میری جان، تم یقیناً یہ سوچ رہی ہو گی کہ میں تم سے دوبارہ کیوں نہیں ملا ہوں لیکن تمہیں فکر مند نہیں ہونا چاہیے، میں شہر کوتوال ہوں، مجھے اپنے منصب کے وقار کا بڑا پاس رہتا ہے اور پھر یہ کہ تم جس مکان میں رہتی ہو اس کا مالک انگریزی فوج میں ملازم ہے۔ تمہیں نہیں معلوم کہ انگریزی فوج کا معمولی سپاہی نواب اودھ کے شہر کوتوال سے زیادہ با اثر ہوتا ہے، میں نہیں چاہتا کہ تمہارے صاحب خانہ اور مجھ میں کسی قسم کی رقابت کا سلسلہ شروع ہو، یہاں تم یہ کہہ سکتی ہو کہ صاحب خانہ لکھنؤ میں موجود ہی کہاں ہے جس سے رقابت کا ڈر ہو، یہ درست ہے لیکن تم یہ نہیں جانتیں کہ صاحب خانہ کا برادرِ نسبتی ناظر اور پرانی بہن کے پاس آتا جاتا رہتا ہے۔ ناظر نہ صرف بہترین شاعر ہے بلکہ عاشق مزاج بھی ہے اور اس کی نواب نصیر الدین حیدر تک رسائی ہے۔ تم نہیں جانتیں لیکن میں خوب اچھی طرح جانتا ہوں کہ ناظر عنقریب تم سے راہ و رسم استوار کرنے کی کوشش

کریگا۔ ان حالات میں، میں تمہیں یہ مشورہ دوں گا کہ تم جتنی جلدی ممکن ہوسکے اس مکان کو چھوڑ دو، اگر کہو تو میں کسی دوسری جگہ تمہاری رہائش کا بندوبست کرسکتا ہوں۔

شازیہ! میری روح! سب سے آخری بات یہ کہ اُس دن میں تم سے کچھ ضروری باتیں کرنا چاہتا تھا لیکن نہیں کرسکا تھا۔ شازی! خُدا نے تمہیں لاجواب حُسن دیا ہے اور بے مثال ستھرا مذاق عطا فرمایا ہے اِن اوصاف پر بھی اگر درباروں کی ناصیہ فرسائی پر تمہیں مجبور کیا جائے تو یہ تمہارے حُسنِ خداداد اور بے مثل مذاق کی بہت بڑی توہین ہوگی، تم خود اس لائق ہو کہ تمہاری پرستش کی جائے، تمہیں پوجا جائے، میں بیوی بچوں والا آدمی ہوں لیکن اگر مجھے تم یہ یقین دلا دو کہ تم مجھ سے تاحیات پیمانِ وفا باندھنے پر آمادہ ہو تو میں اپنی زندگی کے ہر سابق رشتے کو یک لخت ہمیشہ ہمیشہ کے لئے توڑ دینے کو تیار ہوں، میں تمہیں اشرفیوں میں تول دوں گا، زیورات میں غرق کردوں گا حریر و پرنیاں میں چھپا دوں گا، اور تمہیں اپنے گھر میں اس طرح رکھوں گا جس طرح پجاری مندر میں لکشمی کی مورتی رکھتا ہے شازی! یہ جو کچھ میں نے لکھا ہے تمہارے لئے لکھا ہے تمہیں جو بھی فیصلہ کرنا ہے اپنی ذاتی مرضی اور رائے سے کرنا ہے بہتر یہی ہے کہ میر فدو کو ہمارے اس خط کا کوئی علم نہ ہو۔

سو اشرفیاں حقیر نذرانے میں پیش کر رہا ہوں، جواب ملنے پر اور نذر کروں گا۔"

نیچے بختاور سنگھ کے دستخط نہیں تھے، جو از راہِ احتیاط نہیں کئے گئے تھے۔ شازی نے اس خط کو کئی بار پڑھا، وہ چکرا گئی، وہ بہکنے لگی اس کے جی میں آئی کہ اس خط اور اشرفیوں کو چھپا دے اور چپ چاپ بختاور سنگھ سے معاملہ کر کے عزت آبرو کی زندگی اختیار کر لے لیکن یہ سوچ کر اس کا دل ڈوبنے لگا کہ اس کی خاطر بختاور سنگھ اپنے بیوی بچوں کو چھوڑ دے گا اور اس کا گناہ شازی کی گردن پر ہوگا۔ وہ چپکے سے اُٹھی، خط کو گاؤ تکیے کے اندر چھپا دیا اور اشرفیاں بکس میں رکھ آئی۔ دوبارہ تکیے سے ٹیک لگا کر نیم دراز ہوگئی۔ خط میں جو سبز باغ دکھائے گئے تھے ان سے طبیعت میں ترنگ اور جولانی آگئی تھی، آنکھیں بند کیے ان کے حسین تصور سے لطف اندوز ہوتی رہی اسی عالم میں اسے صاحبِ خانہ کے برادرِ نسبتی ناظر کا خیال آگیا اسے حیرت تھی کہ اگر یہ شخص اوپر کی منزل میں رہتا ہے تو اب تک اسے دکھائی کیوں نہ دیا۔ بختاور سنگھ نے یہ بھی تو لکھا تھا کہ ناظر شاعر بھی ہے اور عاشق مزاج نکما بھی جس کی نواب اودھ کے دربار میں رسائی بھی ہے نجانے کیوں وہ اس شاعر کو دیکھنا چاہتی تھی۔

اسی لمحے کسی کی بو سونگھتا ہوا میر فدو اندر داخل ہوا، اسے باہر ہی یہ اطلاع مل چکی تھی کہ دہاڑ کا دوبارہ

پھر آیا تھا، اس نے آتے ہی دریافت کیا۔ ”کیا وہ لڑکا یہاں دوبارہ آیا تھا؟“

”ہاں آیا تو تھا!“

میر فدّو سراپا سوال بن گیا۔ ”کیوں؟ وہ کیا کہتا تھا؟“

شازی کے اخفائے راز کے سارے ارادے دھرے کے دھرے رہ گئے پھر خود بخود منہ سے نکل گیا۔ ”بختاور سنگھ کا خط لے کر آیا تھا!“

میر فدّو لال بھبھوکا ہو گیا۔ مشتعل ہو کر بولا۔ ”آخر یہ کوتوال کا بچّہ چاہتا کیا ہے؟ کہاں ہے وہ خط، ذرا میں بھی تو دیکھوں کہ وہ لکھتا کیا ہے؟“

شازی نے بلا چون و چرا تکیے سے خط نکال کے میر فدّو کے حوالے کر دیا۔ اس نے عجلت اور اضطراب میں خط کی تہیں کھولیں اور جلدی جلدی پڑھنے لگا۔ جیسے جیسے خط پڑھتا جاتا اس کے چہرے کا رنگ بدلتا جاتا اور چہرے کی نرمی پر سختی غالب آتی گئی۔ جب پورا خط پڑھ چکا تو صبر کا پیمانہ چھلک گیا۔ بختاور سنگھ کو گالیاں دیتا ہوا بولا۔ ”اس لئے تم اس گھر میں آتے تھے کہ میرے گھر کو اجاڑ دو، اگر تم یہ سمجھتے ہو کہ تم کوتوال ہو اور ناتجربہ کار بھولی بھالی شازی کو بہلا لو گے تو سخت بھول میں ہو، شازی میری شاگرد ہے میری بچی ہے وہ خوب اچھی طرح جانتی ہے کہ تمہارے عشق کا رشتہ کے گھڑی کا ہے!“ اس کے بعد ایک دم شازی سے مخاطب ہوا۔ پوچھا۔ ”تم نے اس کا جواب لکھا ہے؟“

شازی نے نفی میں گردن ہلا دی۔

اس نے حکم دیا۔ ”تم اسی وقت اس کا جواب لکھ دو!“ لیکن پھر کچھ سوچ کے نرمی سے بولا۔ ”ہاں تم نے یہ نہیں بتایا کہ اس خط کا تم نے کیا اثر لیا ہے؟“

شازی پان کھا رہی تھی، اسے میر فدّو کی تلملاہٹ میں بڑا مزہ آ رہا تھا، اس نے جواب میں ہلکا سا تبسم بکھیر دیا اور بدستور منہ چلاتی رہی۔ میر فدّو تڑپ گیا، جل کر بولا۔ ”یہ معاملہ ہنس کر ٹال دینے کا نہیں ہے، بختاور سنگھ شہر کوتوال ہے، وہ اپنے معاملے میں سنجیدہ ہے تو ہم غیر سنجیدہ رہ کر اسے کس طرح مطمئن کر دیں گے؟“

شازی نے جواب دیا۔ ”میرے دل اور دماغ تو آپ ہیں جو آپ سوچیں گے وہی میرا جواب ہو گا۔“

میر فدّو شازی کی سعادت مندی پر باغ باغ ہو گیا۔ فرطِ محبّت میں آنکھیں آنسوؤں سے لبریز ہو گئیں، کہنے لگا۔ ”شازی! تیری خوشی میں میری خوشی ہے اگر تو خوش ہو گی تو میں بھی خوش ہوں گا۔ اگر تجھے دکھ پہنچے گا تو میں بھی دکھی ہو جاؤں گا یہ مگر مچھ کوتوال جو تجھے عیش و عشرت کے سبز باغ دکھا رہا ہے تجھ سے دو دن لطف و لذت حاصل کر کے اس طرح بھلا دے گا جس طرح باسی پھولوں کو نظر انداز کر دیا جاتا ہے میں تجھے نواب نصیر الدّین حیدر کی

بارگاہ تک پہنچانا چاہتا ہوں، تیرا صحیح قدرداں وہی ثابت ہوگا۔"

شازی نے کروٹ بدلی، دوسری طرف منہ کرتی ہوئی بولی۔"لیکن نواب کے بارے میں مجھے یہی سننے میں آیا ہے کہ ان کے حرم میں بھی لاتعداد عورتیں موجود ہیں اور حسین ترین عورت بھی انہیں چند دنوں سے زیادہ متاثر نہیں کرسکتی۔"

میر فدو کا موڈ بگڑنے لگا۔"لیکن پھر بھی نواب نواب ہی ہے اس کا کسی اور سے کیا مقابلہ، اگر نواب نے تجھے چند ہی دنوں کے لیے کوئی اعلیٰ عزت بخش دی تو صلے میں اتنا کچھ بخش دیں گے کہ تو کئی پشتیں عزت و آرام سے گزار دے گی۔"

شازی نے مزید بک جھک میں دماغ کھپانا فضول سمجھا چپ ہو رہی۔

میر فدو دوسرے کمرے کی طرف جاتا ہوا بولا۔"تیری طرف سے بختاور سنگھ کو میں جواب لکھتا ہوں تو اسے نقل کرکے دے دینا۔ ایسا جواب دوں گا کہ بیٹا کتنے سے کٹ جائیں گے۔"

میر فدو نے جواب میں لکھ دیا کہ "ہم آپ کی ذرہ نوازی اور کرم فرمائی کا شکریہ۔ بندی بھی آپ کی محبت میں گرفتار ہو چکی ہے۔ ہم دونوں الجھنا ہیں تو ایک دوسرے سے وابستہ ہو کر گھڑی دو گھڑی کا لطف اٹھا لیں۔ لیکن ہم دونوں کی بود و باش اور معاشرت کا باہمی فرق ایسا نہیں ہے کہ ہماری محبت پائیدار ثابت ہو۔ ہم نے آزاد پنچھی کی طرح پرورش پائی ہے ہم بازار کی چیز ہیں اور آپ کی حیثیت گاہک جیسی ہے، آپ نے ہمیں بازار میں پایا ہے کل اسی بازار میں کوئی ہم سے بھی اچھی چیز پا سکتے ہیں اور آپ کی گاہکانہ ذہنیت اس کے مول تول پر مائل ہو جائے گی ایسی صورت میں ہمارا مخلصانہ مشورہ یہی ہے کہ ہم دونوں کے درمیان موجود رشتہ ہی زیادہ اچھا ہے ہم جنس تجارت ہیں اور آپ خریدار، آپ بشوق غریب خانے میں قدم رنجہ فرمائیں، ہم اپنے ناز و انداز اور رقص و موسیقی سے آپ کے لئے سامان دل بستگی پیدا کریں گے۔"

لوکا سہ پہر کو چھپتا چھپاتا آیا۔ میر فدو اس کی جھلک پاتے ہی کمرے میں چھپ گیا۔ لڑکے نے جواب لیا اور فوراً واپس چلا گیا۔

بعد میں جب میر فدو شازی کے سامنے آیا تو اس نے شکایتاً کہا۔"آپ نے خط میں سو اشرفیوں کا شکریہ ادا نہیں کیا اور میرے ذہن سے بھی یہ بات نکل گئی۔"

میر فدو ہنستا ہوا بولا۔"لیکن وہ اشرفیاں ہیں کہاں، مجھے تو تو نے دی نہیں، پھر میں شکریہ کیوں ادا کرتا۔" اور پھر زور سے قہقہہ مار کے ہنس دیا کہنے لگا۔"خیر یہ تو سخن گسترانہ بات تھی ورنہ حقیقت یہ ہے کہ مجھے خط لکھنے کے دوران ان اشرفیوں کا خیال تھا اور میں نے قصداً ان کا شکریہ نہیں ادا کیا، جو چیز ہم نے اپنے حق کے طور پر وصول کی ہو اس کا شکریہ ادا کرنا کیا معنی؟" اور وہ ایک بار پھر بے ہنگم ہنسی ہنسنے لگا۔

مغرب کے فوراً بعد ہی بختاور سنگھ کی دیوانگی و آشفتہ سری نے زور کیا اور وہ پندار اور مصلحتوں کا خون کر کے ایک بار پھر نیاز مندانہ شازی کی بارگاہ میں حاضر ہو گیا۔ میر فدو نے بظاہر خوش اخلاقی اور خندہ پیشانی سے لیکن اندر ہی اندر مشتعل مزاجی سے کوتوال کا استقبال کیا، شازی آرائش و زیبائش کے کمرے میں بن سنور رہی تھی، میر فدو نے بختاور سنگھ کو ان کی مخصوص نشست پر بٹھایا اور زور سے شازی کو مخاطب کیا "شازی بیٹی! ابا جی! کوتوال صاحب تشریف لے آتے ہیں۔ اگر طبیعت سنبھل گئی ہو تو ذراسی دیر کے لئے باہر آجاؤ۔" اس کے بعد کوتوال صاحب سے کہا۔ "معلوم نہیں کیا بات ہے کہ آج دوپہر سے اسے چکر آرہے ہیں۔ سارا دن منہ لپیٹے پڑی رہی۔ دیکھو میں بلا کر لاتا ہوں باہر۔" اس کے بعد وہ شازی کے پاس پہنچ گیا۔ اسے سمجھاتا ہوا بولا "شازی وہ کمبخت پھر آگیا ہے۔ میں نے اس سے کہہ دیا ہے کہ تجھے دوپہر سے چکر آرہے ہیں اور تو سارا دن منہ لپیٹے پڑی رہی ہے، چنانچہ تو فوراً اپنے سر سے رومال باندھ لے اور اپنے چہرے پر ایسی کیفیت طاری کر لے جس سے واقعی یہ محسوس ہونے لگے کہ تو بیمار ہے، اس طرح تو اس وقت تو ناچ گانے کی خواہ مخواہ کی مشقت سے بچ جائے گی اور اس سے چھٹکارا بھی جلدی ہی مل جائے گا۔"

شازی نے اس کے مشورے پر عمل کیا اور سر سے رومال باندھ لیا، جب وہ اس حلیے میں منہ لٹکائے افسردہ، بجھی بجھی اور تھکی تھکی بختاور سنگھ کے سامنے پہنچی تو کوتوال کا گھائل دل کچھ اور گھائل ہو گیا۔ سر کے گرد بندھے ہوئے رومال نے اس کے حسن میں کچھ زیادہ ہی اضافہ کر دیا تھا۔ بختاور سنگھ کے دل سے آہ نکلی اور دل ہی دل میں ڈوب گئی۔ اس نے شازی کے احترام میں کھڑا ہو جانا چاہا لیکن شازی نے ہاتھ کے اشارے سے بیٹھے رہنے کا حکم دیا۔

اس نے پریشانی سے سوال کیا "کسی حکیم کو دکھایا یا نہیں؟"

شازی نے گردن ہلا کر نفی میں جواب دیا تو بختاور سنگھ اٹھ کر کھڑا ہو گیا۔ بولا "میں ابھی لاتا ہوں حکیم صاحب کو بلا کر۔ تم ذرا توقف کرو۔"

میر فدو نے سوچا کہ اگر حکیم آیا تو جھوٹ پکڑا بھی جا سکتا ہے اس لئے بات رفع دفع کرتا ہوا بولا "کوتوال صاحب! اصل میں بات یہ ہے کہ ہم لوگ کشمیر کے رہنے والے ہیں، لکھنؤ کی گرمی ہمارے لئے ناقابل برداشت ہے جیسے جیسے رات گزرے گی، گرمی کم ہوتی جائے گی اور شازی کی طبیعت بھی بحال ہوتی جائے گی اس لئے حکیم وغیرہ کو بلانے کی ضرورت نہیں۔"

بختاور سنگھ بھی اس تاک میں رہا کہ کاش وہ شازی کی کوئی خدمت انجام دے سکتا۔ کچھ دیر تک کشمیر اور اودھ کے موسموں کی باتیں ہوتی رہیں۔ اس کے بعد ان علاقوں کے لوگوں کی طبیعتوں اور مزاجوں کی باتیں

چل نکلیں اور گفتگو عشق و عاشقی اور شعر و شاعری تک جا پہنچی آج چونکہ شازی کے رقص و موسیقی سے لطف اندوز ہونا محال تھا اس لئے یہ طے پایا کہ شعر و شاعری کا ذکر چھیڑے۔ بختاور سنگھ میر فدو کی موجودگی میں ایسے اشعار زبان پر لانے سے جھجک رہا تھا جن میں عشق و محبت کا بلا کا درد و سوز پایا جاتا ہے اور جن کے ذریعے کھل کے اظہارِ عشق کیا جا سکتا تھا۔ میر فدو کی ذات کوتوال کے دل میں گھٹن پیدا کر رہی تھی میر فدو کو شازی پر اعتماد تھا۔ کوتوال کو مزید بیوقوف بنانے کے لئے اس نے دونوں کو تنہا چھوڑ دیا اور کسی کام کا عذر کر کے باہر چلا گیا۔ جب بختاور سنگھ کو اچھی طرح یقین ہو گیا کہ اس کے آس پاس میر فدو نہیں ہے تو اس نے شازی سے دریافت کیا۔ "شازی! تم نے میرا خط میر فدو کو دکھایا تو نہیں؟"

شازی نے گردن ہلا کر مسکراتے ہوئے جواب دیا۔ "نہیں آپ نے منع جو کیا تھا۔"

بختاور سنگھ نے فرطِ محبت سے اس کا ہاتھ پکڑ لیا۔ کہنے لگا۔ "شازی میں کس منہ سے تمہارا شکریہ ادا کروں۔ میرے پاس وہ الفاظ نہیں جن سے تمہاری بے مثال محبت کا سپاسنامہ پیش کیا جاسکے۔"

شازی بس مسکراتی رہی۔ کوتوال آہستہ آہستہ پیار سے اس کا ہاتھ سہلاتا رہا۔ "میں نے تمہارا خط پڑھا بلاشبہ وہ ادب کا ایک بے مثل ٹکڑا ہے تم نے جو کچھ لکھا ہے اس کی صداقت غیر مشتبہ ہے لیکن تم نہیں جانتیں کہ میں نے تمہیں مالِ تجارت کبھی بھی نہیں سمجھا اور نہ ہی میں اپنے تئیں تمہارا گاہک سمجھتا ہوں۔"

شازی نے شوخ نظروں سے مسکراتے ہوئے اسے دیکھا اور کہنے لگی۔ "ہم مالِ تجارت ہیں اور آپ ہمارے گاہک اگر آپ کا دل یہ بات نہیں مانتا تو نہ مانئے اس کے نہ ماننے سے معاملے کی صداقت تھوڑی بدل جائیگی۔"

بختاور سنگھ کی کوتوالی لاجواب ہو گئی۔ "شازی!" وہ خوشامدانہ انداز میں بولا۔ "میں تمہیں کس طرح یقین دلاؤں کہ مجھے تم سے بے پناہ محبت ہے۔ میرا دل ایک ایسی آگ میں جل رہا ہے شازی جس میں تمہاری محبت کے سوا ہر شے جل کر راکھ ہو گئی ہے تم میری بات کیوں نہیں سمجھتیں؟"

شازی نے رکھتا ہوا سوال کیا۔ "آپ کی کتنی بیویاں ہیں؟"

"دو۔" بختاور نے جواب دیا۔

"اور داشتائیں؟"

"پانچ!"

"خانگیاں؟"

"صرف دو۔"

"ان سے ایسی اولادیں کتنی ہیں جو کل آپ کے بعد آپ کی جائداد اور املاک کی وارث قرار دی جاسکتی ہیں۔"

"صرف چھ"

شازی نے بھرپور وار کیا۔ "اگر ہم آپ کے ساتھ رہنے پر آمادہ ہو جائیں تو آپ کو معلوم ہے کہ اس صلے میں ہم آپ سے کیا کچھ چاہیں گے؟"

"جانتا ہوں!" بختاور سنگھ نے جواب دیا "تم مجھ سے زیادہ سے زیادہ یہ مطالبہ کر سکتی ہو کہ میں یک لخت تمہاری خاطر ان سب سے پیچھا چھڑا لوں۔" پھر ذرا چپ رہ کر پوچھا "کیوں شازی یہی بات ہے نا۔"

"ہاں۔" شازی نے جوشِ مسرت میں کہا۔ بالکل یہی بات لیکن ہم یہ جانتے ہیں کہ اتنی بڑی قربانی آپ کے لئے اتنی آسان نہیں ہے جتنا آپ ہماری محبت کے وقتی جذبے کے تحت محسوس کر رہے ہیں۔"

بختاور سنگھ نے علی الاعلان کہا۔ "یہ تمہاری خام خیالی ہے شازی! میرے لئے تمہاری محبت کی یہ قربانی دینا اتنا ہی آسان ہے جتنا تمہارے لئے میری خاطر رقص و موسیقی پر آمادہ ہونا۔"

شازی نے اپنا ہاتھ چھڑا لیا اور دوسری مشکل پیش کی۔ "چلیئے میں نے یہ مان لیا کہ آپ ہماری خاطر یہ ساری قربانیاں دے ڈالیں گے۔ لیکن کبھی آپ نے اس پر بھی غور کیا کہ آپ ہندو ہیں اور میں مسلمان پھر ہم کس طرح ایک ساتھ رہ سکتے ہیں۔"

بختاور سنگھ نے جواب دیا۔ "عشق کی کوئی ذات نہیں ہوتی تم اپنے مذہب پر رہو، میں اپنے دھرم پر قائم ہوں۔"

شازی اُٹھ کر کھڑی ہو گئی۔ "یہ بات اتنی آسان نہیں جتنی آپ سمجھ رہے ہیں۔ ہم بہرحال یہ پسند نہیں کریں گے کہ ایک ہندو کے ساتھ اپنی زندگی گزاریں۔"

بختاور سنگھ بھی کھڑا ہو گیا۔ بے بسی سے بولا "تم اگر مجھے یقین دلا دو کہ تازیست ساتھ نہ چھوڑو گی تو میں تمہارے لئے اپنے ہندو دھرم کو بھی خیرباد کہہ سکتا ہوں۔"

شازی نے طنز سے کہا۔ "آپ ہماری ہر بات نہایت آسانی سے مانتے چلے جا رہے ہیں۔ آپ اپنے رشتہ داروں اور دھرم کے معاملے میں اگر ایسے ہی بودے واقع ہوتے ہیں اور یہ سارے بندھن اتنی آسانی سے توڑ سکتے ہیں تو پھر آپ ہمارے نزدیک بالکل ہی ناقابلِ اعتبار ٹھہرتے ہیں۔"

بختاور سنگھ نے نہایت بیچارگی سے عرض کیا۔ "شازی! تم ایسا سوچنے میں بالکل حق بجانب ہو لیکن یہ بھی حقیقت ہے کہ تم نے میرے دل و دماغ پر کچھ اس طرح قبضہ جما لیا ہے کہ اپنے حق میں جیسا فیصلہ چاہو بآسانی کرا لو۔"

شازی اندر جانے لگی تو بختاور سنگھ نے اسے روکنا چاہا، پوچھا "تم اب کہاں جا رہی ہو؟"

شازی نے لاپرواہی سے جواب دیا۔ ”معاف کیجئے گا ہم ذرا آرام کرنا چاہتے ہیں!“

بختاور سنگھ کی امیدوں پر اوس پڑ گئی۔ ”شازی!“ وہ راستہ روک کر کھڑا ہو گیا۔ بولا: ”میں یہاں زیادہ دیر کے لئے نہیں آیا ہوں، ذرا دیر بعد چلا جاؤں گا۔ ایسی بھی بے رخی کس کام کی؟“

شازی نے سنگدلی سے جواب دیا۔ ”اللہ قسم آپ کی محبت میں ہم تکلیف کے باوجود آپ کے پاس چلے آتے تھے۔ لیکن اب مزید بیٹھنے کی ہمت نہیں ہے پھر کسی دن تشریف لائیے گا تو دیر تک بیٹھیں گے اور آپ کا جی خوش کر دیں گے۔“

بختاور سنگھ سراپا التجا بن گیا۔ ”اچھا، اب ایک سوال اسے پورا کر دو، اس کے بعد چلی جانا۔“

”وہ کیا؟“ شازی نے دزدیدہ نگاہوں کا زہریلا تیر چلا دیا۔

بختاور سنگھ کی نظریں اس کے سرخ و سپید سیبوں جیسے رخساروں پر جم گئیں۔ ”بس دو بوسے۔“

”اوں ہوں!“ وہ ایسی لجا گئی جیسے پہلی رات کی دلہن۔ ”یہ نہیں ہو سکتا۔“

بختاور سنگھ نے اپنی دونوں جیبوں سے مٹھیاں بھر بھر کے اشرفیاں نکالیں اور انھیں شازی کی طرف بڑھاتا ہوا بولا: ”میں اپنے ان دو بوسوں کی یہ قیمت پیشگی ادا کر دینا چاہتا ہوں۔“

شازی نے اندازہ لگایا کہ یہ اشرفیاں کسی بھی طرح پچاس ساٹھ سے کم نہ تھیں۔ سودا بآسانی طے پا گیا۔ اشرفیاں شازی کے قبضے میں چلی گئیں اور دو پُرجوش بوسے بختاور سنگھ کے حصے میں آتے جب حساب کتاب چکایا جا چکا تو شازی تے تڑپ کر بختاور سنگھ کو مخاطب کیا۔

”کوتوال صاحب! کہاں گئے آپ کے وہ مقدس احساسات اور خیالات جو ہماری پاک محبت کے روپ میں آپ کے دل و دماغ میں جاگزیں تھے۔ ہم نے پہلے ہی کہہ دیا تھا کہ ہم مالِ تجارت ہیں، اور آپ گاہک۔ اور ہمارے اور آپ کے درمیان یہی رشتہ وجہ ربط و ارتباط ہے، لیکن آپ اس حقیقت کو نہیں مان رہے تھے بالآخر آپ نے بوسوں کی قیمت ادا کر کے عملاً اس تلخ حقیقت کا اعتراف کر لیا۔“ یہ کہہ کر وہ ہنسنے لگی۔

بختاور سنگھ کھسیا گیا۔ یہ حال تھا کہ کاٹو تو لہو نہیں۔ یہ منظر ابھی اپنے اختتام کو پہنچا تھا کہ میر فدو ایک اجنبی کو لئے ہوئے اندر داخل ہوا۔ ان صاحب کا حلیہ کچھ عجیب و غریب تھا۔ پشت پر بھینسے کے کھال کی ڈھال لٹکی ہوئی جس پر پیتل کے پھول جڑے ہوئے تھے طپنچوں کی جوڑی داہیں بائیں لٹکی ہوئی تلوار بائیں طرف نیام میں پھنسی ہوئی، سر پر دوپلی ٹوپی، ٹوپی کے باہر گدی پر بالوں کے پٹے نمایاں، رنگ کھلتا ہوا، قد و قامت میں بلا کی وجاہت، چہرے پر ہلکی سی داڑھی، سیاہ گھنیری مونچھیں، ململ کا کرتہ اور ڈھیلی موریوں کا پاجامہ یہ صاحب اس حلیے میں اکڑتے ہوئے میر فدو کے ساتھ گھر میں داخل ہوئے ایک چھوٹی سی کتاب ان کے

ہاتھ میں تھی میر فدو نے دور ہی سے شور کرنا شروع کر دیا۔ "ارے کدھر گئی شازی! دیکھ یہ تجھ سے کون ملنے آیا ہے" پھر کر قوال صاحب کو مخاطب کیا۔ "کو قوال صاحب! وہاں کھڑے کیا کر رہے ہیں آپ ادھر تشریف لائیے۔ دیکھئے میں کتنے بڑے آدمی سے آپ کی ملاقات کراتا ہوں۔"

شازی اور بختاور سنگھ پھر اپنی اپنی جگہوں پر پہنچ گئے، اجنبی مہمان کے لئے ایک گاؤ تکیہ اور لایا گیا۔ وہ اس کے سہارے ڈھال اور تلوار کو الگ رکھ کے نہایت متانت اور وقار کے ساتھ بیٹھ گیا۔ بختاور سنگھ اپنی جگہ بیٹھ گیا اور شازی نے اپنی جگہ سنبھالی۔

میر فدو نے درمیان میں کھڑے ہو کے ہر ایک کا تعارف کرانا شروع کیا۔ "جناب کو قوال صاحب! یہ ہیں اپنے مالکِ مکان کے برادرِ نسبتی جناب ناظر! سنا ہے کہ یہ شعر بڑے بانکے کہتے ہیں اودھ کے بہترین شاعر ہیں۔" اس کے بعد اس نے بختاور سنگھ اور شازی کا تعارف ناظر سے کرایا۔ شازی نے کنکھیوں سے اس تیکھے نوجوان کو دیکھا۔ اس نے سوچا کہ یہ شاعر خوب ہے جو شاعر سے زیادہ اوبچی ہے۔

میر فدو نے مزید کہا۔ "جناب والا! یہ کسی طرح یہاں آنے کے خواہشمند تھے یہ مکان جس میں ہم رہتے ہیں ان کے بہنوئی کا ہے۔ یہ خود یہاں نہیں رہتے لیکن آتے جاتے رہتے ہیں۔ میں خود بھی اُن کے چکر میں کئی دن سے تھا۔ آج بڑی مشکلوں سے ہاتھ لگے ہیں۔"

بختاور سنگھ ناظر کو خوب پہچانتا تھا۔ کیونکہ وہ اس شخص سے نواب کے دربار میں اکثر ملتا رہتا تھا اور وہ یہ بھی جانتا تھا کہ نواب صاحب اس کی شاعری کو پسند بھی کرتے ہیں۔ بختاور سنگھ کو اپنی محبت کا قلعہ مسمار ہوتا محسوس ہوا۔ کیونکہ وہ جانتا تھا کہ میر فدو ناظر کو ایک سوچے سمجھے منصوبے کے تحت یہاں لایا ہے چونکہ وہ شازی کو نواب کی بارگاہ تک پہنچانا چاہتا تھا اس لئے جب اُسے کسی طرح یہ معلوم ہو گیا ہو گا کہ ناظر جو صاحب خانہ کا برادرِ نسبتی ہے ایک اچھا شاعر ہونے کے ساتھ ساتھ نواب کی مصاحبت بھی رکھتا ہے تو اس نے ناظر کو بحیثیت ایک ذریعہ کے استعمال کرنے کی ٹھانی ہو گی۔ اب اِن حالات میں شازی سے ربط ضبط بڑھانا اور تعلقات محبت استوار کرنے کی کوشش کرنا ایک نہایت خطرناک عمل ثابت ہو گا۔ کیونکہ اب یہ یقینی ہو گیا تھا کہ شازی نواب تک پہنچ کے رہے گی اور جب نواب کو یہ معلوم ہو گا کہ شازی ان کے پاس پہنچنے سے پہلے بختاور سنگھ کی نظرِ التفات کی شکار رہ چکی ہے تو اس وقت معلوم نہیں، نواب کے کیا احساسات ہوں اور وہ اس کے بارے میں معلوم نہیں کیسا فیصلہ صادر کریں۔ کیونکہ نواب صاحب نو عمر اور ناتجربہ کار ہونے کے ساتھ ہی مغلوب الغضب بھی ہیں۔

ناظر نے شاعرانہ بے نیازی اور فنکارانہ انا سے بختاور سنگھ کو دیکھا اور طنزیہ دریافت کیا۔ "تو کو قوال صاحب آپ شہر کا انتظام اس گھر میں بیٹھ کر فرماتے ہیں؟"

بختاور سنگھ اس چوٹ سے کچھ زیادہ ہی بوکھلا گیا۔ فوراً جانے کے لئے کھڑا ہو گیا، بولا۔" ناظر صاحب! میں یہاں مستقلاً نہیں آتا۔ شاید دوسری مرتبہ آیا ہوں بس کبھی کبھی جب زیادہ پریشان ہو جاتا ہوں تو یہاں غم غلط کرنے چلا آتا ہوں۔" ناظر مسکرانے لگا۔" جناب شہر کے ہنگاموں سے گھبرا کے پناہ لینے تو یہاں آجاتے ہیں لیکن اگر یہاں سے آگ لگا کے اُٹھے تو کہاں جائیں گے؟" شاعر کی اس بات پر سبھی مسکرا دیتے اور بختاور سنگھ بدحواس ہو کے ایسا بھاگا کہ پلٹ کے بھی نہ دیکھا۔ اس کے جاتے ہی میر فدو نے اطمینان کا سانس لیا اور ہنستا ہوا بولا۔" جناب ناظر صاحب! میں آپ کا بے حد شکر گزار ہوں ورنہ یہ کوتوال تو میرے لئے مصیبت بن گیا تھا آپ میرے لئے فرشتۂ غیبی سے کسی طرح بھی کم نہیں۔"

اب ناظر نے شازی کے سراپا کا بغور جائزہ لیا اور وہی روگ خود لگا بیٹھا جس کا بختاور سنگھ پہلے ہی شکار ہو چکا تھا۔ اتنے متناسب اعضا کے صحت مند اور نستعلیق حسن کا شاہکار ناظر نے پہلے کبھی نہ دیکھا تھا اسے اپنے اشعار پھیکے اور بے مزہ محسوس ہونے لگے وہ تا دیر نہایت انہماک سے شازی کو دیکھتا رہا۔ اس محویت کو میر فدو نے بھی محسوس کیا لیکن اسے اس شاعر کی طرف سے کوئی خطرہ نہ تھا کیونکہ زر، زور اور عمل سے محروم شاعر سے ڈرنا کیسا۔

ناظر کو دُنیاداری نہیں آتی تھی۔ کیسی زمانہ سازی اور کہاں کا تکلف اور لحاظ، کہنے لگا۔" خوب ہمیں آپ کی موجودگی کا کوئی علم نہ تھا ہم خواہ مخواہ ادھر اُدھر کی خاک چھانتے پھرتے تھے ہمیں پتہ ہی نہ تھا کہ بہار گھر میں آچکی ہے۔" اس کے بعد میر فدو سے پوچھا۔" کیوں قبلہ! اگر ہم گھڑی دو گھڑی کو دل بہلانے کے لئے یہاں آجایا کریں تو آپ کو کوئی اعتراض تو نہ ہوگا؟"

میر فدو کو ناظر سے کچھ اہم کام لینا تھے۔ اس لئے خندہ پیشانی سے آنے جانے کی اجازت دے دی۔

ناظر دیر تک بیٹھا ان دونوں سے باتیں کرتا رہا۔ اسے شازی کی باتیں بڑی اچھی لگیں۔ اس کی آواز میں شہد کی مٹھاس اور سازوں کی کھنک تھی جب وہ مسکرا کر کسی بات کا جواب دیتی تو ناظر کو ایسا لگتا جیسے اس کے دل کی حرکت رُک گئی ہے زور سے ہنستی تو ایک بجلی سی کوند جاتی اسے اپنی شاعری کے لئے ایک جیتا جاگتا مثالی محبوب میسر آگیا تھا۔

شازی کو بھی اس نوجوان میں کچھ انفرادیت نظر آتی تھی۔ یہ دوسروں سے بہت مختلف تھا۔ گفتگو میں ایک خاص سلیقہ اور رکھ رکھاؤ تھا اس کا مذاق ستھرا اور معنی خیز تھا اس مہذب اور شائستہ انسان پہ ڈھال، طپنچوں کی جوڑی اور تلوار کچھ عجیب سی لگتی تھی۔ شازی نے سوچا کہ کیا یہ شخص بھی صاحب سیف ہو سکتا ہے۔ کیا یہ شخص بھی کسی سپاہیانہ انداز میں نبرد آزما ہو سکتا ہے کیا یہ شخص بھی کسی کو

کو قتل کر سکتا ہے؟ یہ سوالات ایسے تھے جن کا اس کے پاس کم از کم اثبات میں کوئی جواب نہ تھا۔ بہت کچھ غور و فکر کے بعد وہ اس نتیجے پر ضرور پہنچی کہ کچھ بھی ہو، اس دلچسپ اور پرکشش انسان کے ساتھ گفتگو کر کے اور اس کی صحبت میں کچھ وقت گزار کر لطف اندوز ضرور ہوا جا سکتا ہے۔

ناظر اور شازی کچھ ہی عرصے میں اتنی تیزی سے ایک دوسرے کے قریب آ گئے کہ میر فدا کی دوررس نظریں خطرے کا احساس کر کے بہت زیادہ خوفزدہ ہونے لگیں۔ شازی اب ناظر ہی کی غزلیں گانے لگی تھی اور اب ناظر کی غزل میں بھی بلا کا درد و سوز پیدا ہو گیا تھا۔ غزلوں میں درد و سوز کی بات شاہی محلات اور دربار تک پہنچ چکی تھی۔ خود نواب نصیر الدین حیدر نے کئی بار اس کا اعتراف کرتے ہوئے ناظر سے کہا تھا۔ "بھئی ناظر! ان دنوں تمہاری شاعری اپنے جوبن پر آئی ہوئی ہے۔ آخر کچھ ہمیں بھی تو معلوم ہو کہ یہ معاملہ کیا ہے؟"

ناظر سہم گیا کہ کہیں شازی کے حسن و خوبصورتی کی خبر نواب تک تو نہیں پہنچ گئی۔ کیونکہ وہ خوب اچھی طرح جانتا تھا کہ اس خبر کے بعد شازی لمحوں کے اندر نوابی حرم میں داخل کرا دی جائے گی۔ ناظر نے نواب کی بات کا کوئی معقول جواب تو نہ دیا لیکن قریب ہی موجود بختاور سنگھ کو ناظر کی پریشانی پر بڑا مزہ آیا۔ اس نے مزید لطف لینے کے لئے مؤدبانہ عرض کیا۔ "اگر قبلہ نواب صاحب اس غلام کو شرفِ ہمکلامی مرحمت فرمائیں تو بندہ جناب ناظر کے اشعار میں پائے جانے والے درد و سوز کی بابت کچھ نقاب کشائی کر سکتا ہے۔"

ناظر کی رہی سہی جان بھی نکل گئی۔ اس نے رحم طلب نظروں سے بختاور سنگھ کو دیکھا اور گردن جھکا لی۔

نواب صاحب نے حکم دیا۔ "اجازت۔ بختاور سنگھ اجازت ہے۔"

بختاور سنگھ نے ہاتھ باندھ کے عرض کیا۔ "حضور تو غلام کے فرائضِ منصبی سے واقف ہی ہیں۔ چنانچہ اس دوران شہری امن اور نظم و نسق کے پیشِ نظر یہ غلام جب مختلف اوقات اور ایام میں حسن فروش مہوشوں اور گلرخوں میں پہنچا تو وہاں اپنے ناظر صاحب بھی نظر آئے۔ ہو سکتا ہے وہیں سے کسی آتشِ گل سے اپنے دل میں آگ لگا لائے ہوں اور اسی کے زیرِ اثر ان کے اشعار میں درد و سوز پیدا ہو گیا ہو۔"

نواب اس طرح ہنسے جیسے کسی مٹکے سے پانی انڈیلا جا رہا ہو، تیز تیز نظروں سے ناظر کو گھورا اور ارشاد فرمایا۔ "کیوں بھئی! تو یہ معاملے ہیں؟ بھئی خوب! یعنی آپ زنانِ بازاری سے عشق فرمانے لگے ہیں لیکن خاطرِ عاطر میں ہماری یہ بات ضرور ڈال لیں کہ یہ شوق غرباء کے بس کا نہیں ہے۔ آپ کو ہماری اتباع سے بچنا چاہیئے۔"

اس کے بعد بختاور سنگھ سے کہا۔ "بختاور سنگھ! ہم تمہیں حکم دیتے ہیں کہ اس نوجوان شاعر کا خیال رکھو اور اب جب کبھی یہ ایسی ویسی جگہ پر نظر آئے تو تم ہمیں اس سے مطلع کرو۔ ہم نہیں چاہتے کہ یہ نوجوان اور شریف شاعر، چالاک اور عیار حسن فروشوں کے چکر میں پھنس کر تباہ و برباد ہو جائے۔ قسم ہے اللہ کی کہ اپنے دربار کی شرفا کی عزت و آبرو

کا تحفظ ہمارا فرض ہے اور ہم انہیں اس سے بچائیں گے۔"

بختاور سنگھ کی خوشی کی کوئی انتہا نہ تھی۔ کیونکہ اب ناظر پوری طرح اس کے قابو میں آچکا تھا اب وہ بختاور سنگھ کے رحم و کرم پر تھا جب سے شازی کے یہاں ناظر کی آمد و رفت بڑھی تھی، بختاور سنگھ نے وہاں جانا بالکل ترک کر دیا تھا۔ لیکن آج کے بعد ناظر بالکل بے بس ہو گیا تھا بلکہ نواب کے حکم نے اس کے پر قینچ دیئے تھے۔ اس نے سوچا۔ اب بختاور سنگھ ایک بار پھر آزادی کے ساتھ شازی کے گھر آنے جانے لگے گا۔

ناظر جب دربار سے واپس ہوا تو اس کے سر میں درد ہو رہا تھا۔ شازی نے قطع تعلق بہت دشوار تھا اور نواب صاحب کی حکم عدولی خطرناک۔ اس کی سمجھ میں کچھ نہ آتا کہ ان حالات میں آخر کیا کیا جائے۔ وہ سیدھا بہن کے گھر پہنچا اور منہ لپیٹ کے پڑ رہا۔ بہن نے کچھ پوچھا تو کہہ دیا طبیعت خراب ہے اس پریشانی میں بھی اس کے کان شازی کی آواز ہی پر لگے رہے لیکن نیچے تو بالکل سناٹا تھا۔ شازی تو شازی، میر فدو تک کی آواز نہ سنائی دی۔ ایسا معلوم ہوتا تھا۔ جیسے نیچے کوئی موجود ہی نہ ہو اس کے درد میں کچھ اور اضافہ ہو گیا۔

مغرب کے بعد اچانک میر فدو کی آواز گونجی "آیئے آیئے کوتوال صاحب تشریف لایئے کئی دنوں بعد تشریف لائے۔ خیریت تو ہے؟"

اور پھر بختاور سنگھ کی آواز سنائی دی "ہاں خیریت سے ہوں۔ آج اپنے ناظر صاحب نظر نہیں آتے۔"

اس کا کوتوال کو کیا جواب ملا۔ آواز صاف نہیں سنائی دی لیکن میر فدو کی بے ربط آواز کانوں میں پڑی ضرور ناظر تلملا تلملا کر رہ گیا۔ بار بار اس کا یہی جی چاہتا کہ وہ اٹھ کر اسی وقت نیچے جائے۔ لیکن پھر اس کے انجام سے ڈر جاتا۔

کافی رات گئے شازی کی آواز بھی سنائی دی۔ مختلف سازوں کے ساتھ اس کی آواز اس طرح لہرائی کہ ناظر کا دل مچلنے لگا اور اس محفل میں پہنچنے کے لیے تڑپنے لگا۔ شازی جو غزل گا رہی تھی وہ فراقیہ تھی اور اس کی دھن بھی الیہ تھی۔ اس نے سوچا یہ ضرور بختاور سنگھ کو خوش کرنے کے لئے محفل سجی ہے اسے شازی پر غصہ آیا کہ آخر اس نے کیوں موسیقی چھیڑی اسے میر فدو پر بھی غصہ آیا کہ وہاں جو بھی پہنچتا ہے اس کا اس طرح خوش اخلاقی سے استقبال کرتا ہے گویا وہی اس گھر کا سب سے معزز مہمان ہے۔

پھر گھنگرو بھی کھنکنے لگے۔ شازی ناچ رہی تھی، بختاور سنگھ کو خوش کرنے کے لئے، ناظر انگاروں پر لوٹنے لگا۔

دوسری طرف بختاور سنگھ اتنا خوش تھا کہ اس نے شازی، میر فدو اور سازندوں کے دلوں کو اپنی مٹھی میں لینے کے لیے ایسی داد و دہش کی کہ شازی اور میر فدو کے سوا سازندے تو اس کے دل کے مداح بن گئے۔

میر فدو حیران تھا کہ آج بختاور سنگھ اتنا خوش کیوں ہے اور ناظر کیوں نہیں آیا۔ آج تو کوتوال صاحب کی

جبار تول کا یہ عالم تھا کہ انہوں نے کسی کا پاس و لحاظ بھی نہ کیا اور نہایت ڈھٹائی سے شازی کے دونوں ہاتھ پکڑ لیے اور اس کے رخسار کو مسل کے سرخ کر دیا شازی کی سسکی نکل گئی۔

میر فدو نے سوچا کہ اگر اس وقت یہاں ناظر موجود ہوتا تو بختاور سنگھ کی اتنی ہمت نہ پڑتی اس نے کوتوال کی جسارتوں کو نفسیاتی حملے سے روکنے کی کوشش کی۔ بولا: "ناظر صاحب اب تک معلوم نہیں کیوں غائب ہیں، شاید اب ضرور آتے ہوں گے۔"

بختاور سنگھ نے اس کا مذاق اڑایا۔ بولا۔ "اب وہ یہاں کبھی بھی نہ آئے گا۔ بات ہی کچھ ایسی ہو گئی ہے اگر آئے تو مجھے بتانا، پھر جو کبھی آئے تو میرا ذمہ۔"

شازی نے بے چینی سے پوچھا۔ "کیوں اب ناظر صاحب یہاں کیوں نہ آئیں گے؟ انہیں یہاں آنے سے کس نے منع کیا ہے؟"

بختاور سنگھ سب کچھ صاف صاف بتانا بھی نہ چاہتا تھا۔ بات ٹال گیا۔ لیکن اس کے چلے جانے کے بعد شازی بہت پریشان ہو گئی۔ رات کا کھانا بھی اچھی طرح نہ کھایا گیا۔

ساری رات کی فکر مندی اور غور و فکر کے بعد ناظر بالآخر اس نتیجے پر پہنچا کہ اگر کسی طرح شازی اس سے شادی کر لے تو وہ نہ صرف یہ کہ فراق و جدائی کی آگ سے بچ جائے گا بلکہ نواب صاحب کو شازی کے بے پناہ حسن کا علم بھی ہو گیا تو وہ اخلاقاً ایک شادی شدہ جوڑے کی زندگی تباہ کرنے سے باز رہیں گے لیکن اس تجویز کو عملی جامہ پہنانا بہت مشکل تھا کیونکہ میر فدو اس پر کبھی تیار نہ ہو گا۔ یہاں تک کہ اگر کسی طرح شازی ناظر سے شادی کرنے پر آمادہ بھی ہو جاتے تب بھی میر فدو دونوں کی اس کوشش کو ناکام بنا دے گا پھر بھی اس نے یہی فیصلہ کیا کہ اسے اس معاملے میں شازی سے مشورہ ضرور کرنا چاہیے۔ مشورے کے لیے شازی کی قیام گاہ بالکل نامناسب تھی۔ چنانچہ اس نے شازی اور میر فدو کے اعزاز میں ایک شاندار دعوت کا منصوبہ بنایا اور اس دعوت میں شازی سے گفتگو کرنے کا فیصلہ کیا۔

اس تجویز پر جلد از جلد عملدرآمد کے لیے وہ صبح سویرے ہی شازی کے پاس پہنچ گیا اس وقت تک وہ اپنے بستر پر پڑی کروٹیں بدل رہی تھی۔ میر فدو اس کی شکل دیکھتے ہی استقبال کو آگے بڑھا اور خیریت پوچھنے لگا۔ ناظر کی نظریں شازی کو تلاش کر رہی تھیں۔ میر فدو اس کا مطلب سمجھ گیا۔ منہ بنا کر کہنے لگا "جناب کیا عرض کروں، رات کوتوال صاحب آ گئے تھے رات گئے تک ہلکان کرتے رہے۔ ان کے جاتے ہی شازی اس طرح بستر پر گری کہ رات کا کھانا بھی اس سے نہ کھایا گیا، سچ کہتا ہوں ایسا ڈھیٹ ایسا بے شرم آدمی بھی نہیں دیکھا۔"

ناظر نے ناگواری سے جواب دیا" جناب صبح صبح کس منحوس کا ذکر لے بیٹھے۔ کچھ اور باتیں کیجیے"۔

موقع غنیمت تھا۔ شازی بھی موجود تھی۔ اس نے نہایت عزت و احترام سے ناظر کو بٹھایا اور ناشتے کی بابت پوچھنے لگا۔ ناظر نے کہا۔" ناشتہ کر کے آتے ہیں۔ تکلف کی کوئی ضرورت نہیں"۔

میر فدو نے کہا۔" حضور! اگر اجازت دیں تو ایک درخواست کروں"۔

"کہیے!" ناظر سراپا سوال بن گیا۔" بشوق عرض کیجیے"۔

میر فدو نے کہا" آپ تو جانتے ہیں کہ ہم لوگ یہاں کس آسرے پر پڑے ہوئے ہیں۔ اپنے معاملے میں اگر میں اپنے ہم پیشہ حضرات سے اعانت چاہوں گا تو مثل مشہور ہے کہ ہم پیشہ دشمن ہمیشہ ہمیں اس کے حسد اور جلن سے نقصان ہی پہنچ جانے کا خطرہ لاحق رہے گا ہم بہت دنوں سے آپ جیسے سہارے کی تلاش میں تھے۔ بندے کو معلوم ہوا ہے کہ آپ کی نواب صاحب کے دربار میں بڑی عزت ہے اگر ہم آپ کی وساطت سے وہاں تک رسائی حاصل کر لیں گے تو ہماری سات پشتیں آپ کے اور آپ کے خاندان کے حق میں دعاگو رہیں گی"۔

ناظر سوچ میں پڑ گیا۔ کچھ سمجھ میں نہ آیا کہ کیا جواب دے۔ اس نے بھی اس موقع سے فائدہ اٹھانا چاہا کہنے لگا" بہتر ہے جناب آپ کے لئے ضرور کچھ کریں گے لیکن اس سلسلے میں ہم بھی کچھ عرض کریں گے"۔

"ضرور ارشاد!" میر فدو نے جواب دیا۔" اور ارشاد بھی کیا حکم دیجیے، تعمیل ہو گی"۔

ناظر نے کہا" پہلی بات تو یہ کہ ہم آئندہ یہاں آ جا نہیں سکیں گے اور اگر کبھی آئے بھی تو آپ اس کا بطور خاص خیال رکھیں گے کہ ہماری آمد کی اطلاع بختاور سنگھ کو ہرگز نہ ہو"۔

"اس کا خیال رکھوں گا، اور کچھ؟"

"دوسری بات یہ کہ ہم شازی اور آپ کی اپنے گھر دعوت کرنا چاہتے ہیں۔ آپ وہاں تشریف لائیں۔ وہیں اس موضوع پر کھل کے بات ہو گی"۔

میر فدو نے یہ بات بھی مان لی اور ناظر نے دونوں کو دوسرے دن شام کو اپنے گھر بلا لیا۔

اس دن ناظر کی طبیعت بہت ہلکی رہی۔ دربار میں بختاور سنگھ اسے دیکھ دیکھ کے مسکراتا رہا لیکن آج ناظر بھی ترفزدہ نہ تھا جب وہ دونوں دربار سے باہر نکلے تو ناظر نے بختاور سنگھ کو متنبہ کیا اور ذرا سخت لہجے میں کہا" بختاور سنگھ! تم جو کچھ کر رہے ہو، اچھا نہیں، ہم بھی زبان رکھتے ہیں یہ جب چلے گی تو تمہیں پناہ بھی نہ ملے گی"۔ بختاور سنگھ نے ایک زوردار قہقہہ لگایا، بولا" یہ ارمان بھی نکال لو، ہم تو ایک بات جانتے ہیں۔ جب یہ دیکھیں گے کہ پرندہ جال میں نہیں پھنس رہا ہے تو اپنا جال کھینچ لیں گے اور نواب کا جال آگے

بڑھادیں گے۔ جس کا ہمیں کم ازکم یہ فائدہ تو ضرور پہنچے گا کہ نواب کے مزاج میں کچھ زیادہ رسوخ حاصل کرلیں گے۔ اور شازی بھی ہماری احسان مند رہے گی۔"

ناظر نے سوچا یہ اور بُرا ہے۔ بختاور اس کے مقابلے میں زیادہ شاطر تھا۔ ناظر کو ایک بار پھر خون کا گھونٹ پی کر چپ ہوجانا پڑا۔

ناظر نے ان دونوں کی شاندار دعوت کی تھی۔ مکان سے ملحقہ باغیچے میں اس دعوت کا اہتمام ہوا تھا یہاں کا سبزہ اور پھولدار درختوں کی روشیں عجب بہار دے رہی تھیں۔ بیچ میں فوارہ تھا۔ ناظر نے فوارے کے پاس ہی دعوت کا اہتمام کیا تھا۔ اس دعوت کی طرفہ حیثیت یہ تھی کہ اس میں کئی قسم کے کھانوں اور پھلوں کے ساتھ ہی کئی طرح کے ساز بھی رکھے ہوئے تھے۔ میر فدو اور شازی انہیں ایک میز پر سلیقے سے رکھے ہوا دیکھ کر ذرا حیران ہوئے۔ انہیں خیال گزرا کہ شاید یہاں ان کے سوا کسی اور کو بھی بلایا گیا ہے۔ سازوں کے قریب ہی ایک کتاب رکھی ہوئی تھی۔ کئی نوکر بھاگ دوڑ میں لگے ہوئے تھے۔

شازی نے پوچھا۔ "یہاں ہمارے علاوہ بھی کسی کو مدعو کیا گیا ہے؟"

ناظر نے سر کو نفی میں ہلکی سی جنبش دی۔ "نہیں۔"

میر فدو نے سراپا عجز و نیاز بن کے عرض کیا۔ "خدا حضور کو سلامت رکھے۔ کیا پُر فضا مقام ہے! واہ وا! واہ وا!" ناظر خاموش رہا۔

کھانے کا دور چلا، پھر پھل کھائے گئے۔ خشک میوے چابے گئے۔

آخر میں میر فدو نے پوچھا۔ "آپ کے ساتھ اور کون کون رہتا ہے؟"

ناظر نے جواب دیا۔ "صرف والدہ صاحبہ، جو بوڑھی ہوچکی ہیں۔" پھر اپنے حویلی نما مکان کی طرف اشارہ کرتا ہوا بولا۔ "اتنا بڑا مکان اور صرف دو نفر۔ تنہائی سے جی اکتا گیا ہے۔ اگر یہ ملازم نہ ہوتے تو ہمیں وحشت ہوجاتی۔"

میر فدو نے اور ٹٹولا۔ "بندہ پرور! اور کتنی املاک ہے حضور کے تصرف میں؟"

ناظر نے جواب دیا۔ "گومتی کے اس پار تین گاؤں ہیں۔ شہر کے مختلف علاقوں میں پانچ بڑے بڑے مکانات ہیں جن کا کرایہ اچھا خاصا آجاتا ہے۔ نواب صاحب خاندانی نجابت، ذاتی شرافت اور شعری کمال کے بڑے قدر داں ہیں اور وقتاً فوقتاً ہمیں انعام و اکرام سے نوازتے رہتے ہیں۔"

اس کے بعد اس نے ایک ملازم کو آواز دی۔ "میرن! انہیں مکان کی سیر کرادو!" پھر میر فدو

سے کہا: "جائیے میرن ہمارے مکان کو اچھی طرح دکھا دے گا۔"

میر فدو کو جانے میں تامل ہوا لیکن جانا ہی پڑ گیا۔ ناظر نے شازی سے مفصل بات کرنے کے لئے یہ منصوبہ پہلے ہی سے بنا رکھا تھا۔ میر فدو بھی ناظر کی چال سمجھ گیا تھا لیکن اسے شازی پر بڑا اعتماد تھا

میر فدو جیسے ہی نظروں سے اوجھل ہوا، ناظر شازی کے قریب ہو گیا۔ شازی سکڑ گئی۔

"شازی!" اس نے شازی کے کاندھے پر ہاتھ رکھ دیا۔

شازی نے موجود ملازم کی طرف اشارہ کرتے ہوئے کہا۔ "احتیاط، یہاں کوئی اور بھی تو موجود ہے۔"

ناظر کی آواز کپکپا گئی۔ "اس کی پروا نہ کرو۔ جانتی ہو ہم نے یہ دعوت کیوں کی ہے؟"

شازی نے اک ادائے بے نیازی سے جواب دیا۔ "نہیں!"

ناظر نے افسردگی سے کہا۔ "آج ہم زیادہ تکلف سے کام نہیں لیں گے، جو کچھ کہنا ہے سیدھے سادے لفظوں میں کہہ دیں گے۔"

شازی اس کی صورت تکنے لگی۔

ناظر نے اس کی چوٹی ہاتھ میں لے لی اور کہنے لگا۔ "شازی اس ناگ نے ہمیں ڈس لیا ہے۔ اس کا زہر تیزی سے چڑھ رہا ہے۔ کیا تم بھی ہمیں چاہتی ہو؟"

شازی نے کوئی جواب نہ دیا۔ بس صورت دیکھتی رہی۔

ناظر کا دم گھٹنے لگا۔ "شازی تم بولتیں کیوں نہیں، میری باتوں کا جواب کیوں نہیں دیتیں؟"

شازی نے اداسی سے جواب دیا: "ہمیں محبت راس نہیں آتی۔ اگر آپ واقعی ہم سے محبت کرنے لگے ہیں تو آپ کو اس بارے میں احتیاط برتنی چاہیئے۔ آپ ہمیں حاصل نہیں کر سکتے۔"

ناظر کا حوصلہ بڑھا۔ "شازی! تم اس کی فکر نہ کرو، بس ایک مرتبہ اپنی محبت کا اقرار کر لو اور ہمیں یہ یقین دلا دو کہ تم شادی کر کے ہمارے ساتھ رہنے پر آمادہ ہو، اس کے بعد کیا ہوگا۔ تمہیں کچھ بھی نہ سوچنا پڑے گا۔"

شازی نے موضوع بدلنے کے لئے میز پر رکھے ہوئے سازوں اور کتاب کی طرف اشارہ کرتے ہوئے پوچھا۔ "یہ کیوں رکھے ہیں۔ ہم اس کا مطلب نہیں سمجھ سکے۔"

ناظر کے چہرے پر تازگی آ گئی، کہنے لگا۔ "ہمیں موسیقی سے بڑی دلچسپی ہے۔ یہ ساز ہم خود بجا سکتے ہیں۔"

شازی نے کہا۔ "لیکن آپ نے اس کا اظہار پہلے کبھی تو نہ کیا تھا۔"

"ٹھیک ہے، اس وقت اس کی ضرورت بھی نہ تھی۔ ہم نے کئی دن سے یہ طے کر رکھا تھا کہ تمہاری

شاندار دعوت کریں گے اور اس موقع پر تم پر اپنے اس شوق کا اظہار کریں گے۔" پھر آہستہ سے بولا "سازوں کے پاس رکھی ہوئی کتاب ہماری بیاض ہے۔ ہم بہت خیالی آدمی ہیں اور ہم نے یہ طے کیا ہے کہ جب ہم تمہیں اپنی دلہن بنانے میں کامیاب ہو جائیں گے تو ہم دونوں یہاں اس سبزہ زار پر اسی طرح بیٹھا کریں گے اور تم ہماری غزلیں گایا کرو گی۔ ہم یہ ساز بجایا کریں گے۔"

شازی نے جواب دیا۔ "ایں خیال است و محال است و جنوں۔"

ناظر بے چین ہو گیا "کیا تمہیں ہم سے محبت نہیں ہے؟"

"ہے کیوں نہیں!"

"پھر ہمارا یہ خیال محال اور جنون کس طرح ہوا؟"

"جناب والا! ہم دونوں کا ایک دوسرے سے محبت کرنے کا یہ مطلب تو نہیں کہ ایک بھی ہو جائیں گے!"

ناظر بچوں کی طرح اڑ گیا۔ "اگر ہم دونوں کوئی حتمی فیصلہ کر لیں تو ہمیں کوئی شکست نہیں دے سکتا۔"

شازی نے کہا۔ "چلئے ہم اپنی محبت کا آپ کو یقین دلاتے ہیں۔ دیکھتے ہیں آپ مشکلات کا کس طرح مقابلہ کرتے ہیں۔"

ناظر مارے خوشی کے اندھا ہو گیا۔ بے ساختہ اٹھ کے شازی کو گلے لگا لیا اور خوب بھینچ بھینچ کے پیار کرنے لگا۔

شازی کا دم گھٹنے لگا۔ بولی۔ "یہ سب ابھی تو نہ کیجئے، کہیں کوئی دیکھ نہ لے ہمیں۔"

ناظر نے اس کے چہرے پر نظریں جما دیں۔ دونوں ایک دوسرے کی سانس اپنے چہرے پر محسوس کر رہے تھے۔ ناظر نے کہا "ہم ایک شرط پر تمہیں چھوڑ سکتے ہیں۔"

"کس شرط پر؟"

"پہلے وعدہ کرو کہ اسے مان لو گی؟"

"پہلے شرط تو بتایئے۔ اگر ماننے والی ہو گی تو ضرور مان لیں گے۔"

"شرط مشکل نہیں ہے، بہت آسان ہے۔"

"آخر بتانے میں کیا ہرج ہے؟"

پہلے وعدہ کرو!"

"چلئے وعدہ!"

ناظر نے میز کی طرف اشارہ کرتے ہوئے کہا "چلو وہاں چلتے ہیں۔ ہم ساز بجائیں گے اور تم ہماری بیاض میں سے کوئی غزل گاؤ گی، ہم چاہتے ہیں کہ وہ بات تم سے آج کہہ ہی دیں۔ جس کے لئے ہم بڑے مضطرب ہیں۔"

شازی تیار ہو گئی۔ دونوں میز کے پاس آمنے سامنے بیٹھ گئے۔ شازی نے میز سے بیاض اٹھائی اور اس کی ورق گردانی شروع کر دی۔ ناظر نے ستار سنبھالا۔ شازی نے کہا "غزل کے انتخاب اور اس کی دھن میں عجلت کے پیش نظر ہم یہ وعدہ نہیں کر سکتے کہ ہم جو کچھ گائیں گے اس سے آپ کو خوش بھی کر سکیں گے۔ اگر اس میں کمی رہ جائے تو للہ نکتہ چینی نہ کیجئے گا۔ معاف کر دیجئے گا۔"

ناظر نے تاروں کو زخمہ دیا۔ بولا "ہمارے لئے یہی خوشی کیا کم ہے کہ ہم نے جو ایک حسین خواب دیکھا ہے اس کی تعبیر کا ہلکا سا عکس اس وقت ہمارے سامنے ہے۔ اس وقت نکتہ چینی کا ہوش ہی کس کمبخت کو ہے۔"

شازی نے غزل شروع کر دی۔

"یہ سالہ ناکارہ ناصح مجھ سے کہتا ہے تو محبت مت کر۔ میں نے اسے جواب دیا۔ اس نصیحت کے سوا تو اور کر ہی کیا سکتا ہے۔

محبت کی آگ نے گوشت اور پوست کو تو جلا ہی دیا تھا۔ اب اس کی آنچ ہڈیوں پر بھی محسوس کرنے لگا ہوں۔

چاند میں وہ متناسب اعضا کہاں ہیں جو میرے محبوب کے جسم میں پلئے جلتے ہیں پھر چاند سے میرے محبوب کا مقابلہ !!

خدا کی قسم اگر میرا محبوب مجھ سے یہ وعدہ کرے کہ میں ماگھ پوس کی کڑکڑاتی سردیوں میں تیرے پاس آؤں گا۔ تو برہنہ تن میرا انتظار کر تو میں پورے دو ماہ بغیر لباس کے گزار دوں گا۔ کیونکہ میں جانتا ہوں عشق کی تپش اور مفارقت کی آگ میرے وجود کو گرم رکھے گی۔"

لیکن اس حسین اور پُر کیف محفل کو ایک آواز نے درہم برہم کر دیا۔ باغیچے کے باہر بھنا درسنگھ کھڑا اندر آنے کی اجازت طلب کر رہا تھا۔ شازی کی سانس رک گئی اور ناظر کے پاؤں تلے سے زمین نکل گئی۔ بھنادرسنگھ کہہ رہا تھا۔ "اجی قبلہ ناظر صاحب! یہ خاکسار دیر سے آپ کی قدمبوسی کا طالب کھڑا ہے۔ اگر اجازت ہو تو اندر حاضر ہو جائے۔"

ناظر جوش غضب میں اندھا ہو گیا۔ شازی سے کہنے لگا "اس کمبخت کا کوئی علاج کرنا ہی پڑے گا۔ یہ یوں نہ باز آئے گا۔"

جوش میں ناظر باہر پہنچ گیا اور بختاور سنگھ کو ڈانٹتا ہوا بولا۔ "کوتوال صاحب، واللہ ہم نے آپ کا بڑا لحاظ کیا۔ لیکن آپ کی رگوں میں کسی بنیے کا خون گردش کر رہا ہے۔ آپ نے ہمارا پیچھا پکڑ رکھا ہے۔ جس طرح بنیا اپنے مقروض کا پکڑتا ہے۔"

بختاور سنگھ پر ان باتوں کا کوئی اثر نہ ہوا۔ ہنس کر بولا۔ "قبلہ ناظر صاحب بات یہ نہیں ہے جو آپ سمجھ بیٹھے ہیں۔ میں تو بس اتنی سی بات جانتا ہوں کہ شازی کی حیثیت ایک کرائے کے مکان جیسی ہے جو بھی اس کا کرایہ ادا کرے اس میں رہ سکتا ہے۔ آپ کرایہ ادا کریں گے، آپ رہیں گے۔ میں ادا کروں گا، میں رہوں گا اور یہ بھی ممکن ہے کہ دونوں ہی کرایہ ادا کریں اور مفاہمت کر کے دونوں ہی ایک ساتھ رہنے لگیں۔"

"گستاخ!" ناظر چیخا۔ "ہم تجھے قتل کر دیں گے تو ٹھہر تو جا، ہم طپنچہ لا کے ابھی تجھے ڈھیر کیے دیتے ہیں۔"

یہ کہہ کر ناظر تیزی سے مکان میں داخل ہو گیا اور طپنچہ لے کر فوراً باہر آ گیا لیکن اس وقت تک بختاور سنگھ فرار ہو چکا تھا۔ اس کا دور دور کہیں پتا نہ تھا۔ ناظر غصے میں کانپتا تھرتھراتا شازی کے پاس پہنچا۔ طپنچہ میز پر رکھتا ہوا بولا۔ "واللہ اس بقال کی اولاد کی زندگی تھی جو بچ کر نکل گیا ورنہ اس وقت وہ خون و خاک میں لوٹ رہا ہوتا۔"

اسی لمحے میر فدو بھی واپس آ گیا۔ جب اسے حالات کا علم ہوا تو اس نے ناظر کے رشتۂ امید کو توڑنے کی کوشش کی۔ کہنے لگا۔ "حضور! اپنے کوتوال صاحب بھی بڑے کرم فرما ہیں۔ یہاں آئے تھے تو میزبانی کا تقاضا یہی تھا کہ انہیں بھی اندر بلا لیا جاتا۔" پھر کھوکھلی ہنسی ہنستا ہوا بولا۔ "آپ کا گھر ہے آپ کا اختیار، جیسا کیا، اچھا کیا، میں کیا عرض کر سکتا ہوں، میں کچھ کہوں گا تو چھوٹا منہ بڑی بات کہلائے گی۔"

ناظر کی تیوریوں پر بل پڑ گئے۔ "میر فدو! یہ آپ کیا کہتے ہیں؟"

میر فدو نے پھر وہی الفاظ دہرائے۔ "بندہ پرور کوتوال صاحب نے ہم پر بڑے احسانات کیے ہیں۔"

"کیا احسانات کیے ہیں گناؤ کہ ان کا حساب چکتا کر دیا جائے۔"

میر فدو میں کوئی تبدیلی نہ آئی۔ اسی طرح غیر جذباتی آواز میں کہتا رہا۔ "کوئی ایک احسان ہو تو بتا دیا جائے۔ ایک ایک نشست میں سو سو، دو دو سو اشرفیاں شازی کو دے کر گئے ہیں۔ بات حق و انصاف کی کہوں گا جو جیسا ہے۔ اس کی ویسی ہی تعریف کروں گا۔"

ناظر ایک بار پھر تیزی سے اندر گیا اور ذرا سی دیر بعد ہی اشرفیوں کی تین تھیلیاں لے کر واپس آ گیا۔ انہیں میر فدو کی طرف اچھالتا ہوا بولا۔ "میر فدو، تمہیں ابھی تک ہماری طبیعت کا صحیح علم نہیں ہے، ہم پوتڑوں کے رئیس ہیں، کسی بنیے بقال کی اولاد نہیں ہیں۔ یہ اشرفیاں لے جائیں اور جب پھر ضرورت ہو تو

تشریف لائیں۔ انشاءاللہ اسی طرح پیشانی پر بل ڈالے بغیر اتنی ہی اشرفیاں اور پیش کر دیں گے۔"

میر فندو نے تینوں تھیلیاں شازی کی طرف بڑھا دیں۔

ناظر کو اتنا غصہ چڑھا تھا کہ اسی وقت ملازم کو حکم دیا کہ "بگھی تیار کی جائے اور ان دونوں کو ان کے گھر پہنچا دیا جائے۔"

حکم کی تعمیل ہوئی اور بگھی دروازے پر آ کر لگ گئی۔

شازی کا چہرہ اتر گیا وہ کبھی میر فندو کی شکل دیکھتی تو کبھی ناظر کی صورت تکنے لگتی۔

میر فندو نے اجازت طلب کی۔ "اچھا بندہ پرور! تو اجازت ہے؟"

ناظر نے سر کی جنبش سے اجازت دے دی۔

شازی نے نظروں سے اجازت طلب کی تو ناظر کا جوش ذرا کم ہوا۔ کہنے لگا۔ "تم اپنی طبیعت ملول نہ کرو۔ ہم جلدی ہی تمہارے پاس آئیں گے اور جو کچھ ہم نے سوچا ہے اس سے مطلع کریں گے۔"

لفظ "سوچا" پر میر فندو کے کان کھڑے ہوئے۔ معنی خیز نظروں سے شازی کو دیکھا اور اشرفیوں کی تینوں تھیلیاں سنبھال کر باہر نکل گیا۔ ناظر نے شازی کو بگھی پر بٹھا کر رخصت کر دیا۔

واپس آ کے وہ اسی میز پر بیٹھ گیا، جہاں ساز اور بیاض کے علاوہ بھرا ہوا طپنچہ بھی رکھا ہوا تھا۔ وہ میز پر سر جھکا کے بیٹھ گیا۔ جب غصہ ذرا کم ہوا تو اسے اپنی غلطی کا شدت سے احساس ہوا۔ بختاور سنگھ کے ساتھ جو سلوک سرزد ہوا تھا اس کے نتائج سے وہ خوفزدہ تھا اس نے سوچا کہ کوتوال اس کے خلاف معلوم نہیں کیا گل کھلائے۔ اس نے اسی فکر اور تردد میں باغیچے میں نصف رات گزار دی!

ناظر کئی دن تک دربار بھی نہ جا سکا۔ شازی سے ملنے کو جی چاہا لیکن غیرت پیر پکڑتی تھی۔ بڑی ہمت کی پھر بھی قدم نہ اٹھ سکے۔ اس عالم میں تین دن گزر گئے۔ چوتھے دن ہمت کر کے بہن کے گھر پہنچ گیا۔ یہاں پہنچتے ہی اس نے پہلی بات جو محسوس کی وہ یہ تھی کہ شازی جس گھر میں رہتی تھی اس میں بڑا سا قفل پڑا ہوا تھا۔ ناظر کا دل دھک سے رہ گیا کہ خدا خیر۔

اوپر بہن کے پاس پہنچا اور ان سے پوچھنے پر بس اتنی سی بات اور معلوم ہو سکی کہ کل وہ لوگ مکان خالی کر گئے۔ کوتوال انہیں معلوم نہیں کہاں لے کر چلا گیا۔ ناظر کی آنکھوں کے نیچے اندھیرا آ گیا۔ بہن سے زیادہ باتیں بھی نہ کر سکا چپ چاپ مسہری پر جا کر پڑ رہا۔

اس بات کو بھی کئی دن گزر گئے اور ناظر بدستور خانہ نشین رہا، دربار بھی نہ جا سکا۔ اب اس کی عقل کچھ بھی کام نہ کرتی تھی۔ اسے بختاور سنگھ پر رہ رہ کر غصہ آتا تھا۔ بار بار اسے قتل کر دینے کو جی چاہتا لیکن مآل اندیشی

آڑے آجاتی۔ کچھ دن تو یہ آس بھی رہی کہ شازی اس سے محبت کرتی ہے ایک نہ ایک دن ضرور واپس آئے گی لیکن ایک ہفتہ گزر گیا اور وہ واپس نہ آئی۔

ایک دن نواب کے دربار سے اس کا بلاوا آ گیا، نوابی فرستادے نے اسے یہ پیام دیا تھا کہ نواب صاحب اس کی غیر حاضری سے ناراض ہیں اور ان کا حکم ہے کہ ناظر اپنی اولین فرصت میں نواب کی بارگاہ میں حاضر ہو اور دست بستہ معافی کا طالب ہو۔

ناظر نے جلدی جلدی تیاری کی اور دربار میں حاضری دینے کے لئے بگھی پر روانہ ہو گیا، راستے بھر وہ اپنی غیر حاضری کے جواز کی تلاش میں سرگرداں رہا لیکن کوئی زوردار عذر سمجھ میں نہ آتا تھا۔ جب وہ نواب کے محل میں پہنچا تو پتا چلا کہ نواب صاحب اپنے دربار میں نہیں ہیں اٹھ چکے ہیں اور اس وقت کہیں اپنے مخصوص مصاحبین کے ساتھ انتہائی ذاتی مشاغل سے لطف اندوز ہو رہے ہیں۔ وہ واپس بھی نہ ہو سکتا تھا کیونکہ اسے بلایا گیا تھا اور نواب کی طلبی کے دوران واپسی کا حکم ملے بغیر چلے آنا سنگین جرم تھا۔ ناظر کو وہیں ٹھہرنا پڑا اور اس نے اس بات کی کوشش کی کہ کسی طرح نواب کو اس کی آمد کی اطلاع ہو جائے۔ بڑی دیر بعد اچانک حکم ملا کہ ناظر کو محفل خاص میں طلب کیا گیا ہے۔ وہ دھڑکتے دل، مرتعش اعضا اور لڑکھڑاتے قدموں سے نواب کے خواجہ سرا کے ساتھ محفل خاص کی طرف روانہ ہو گیا، وہ مختلف کمروں اور برآمدوں سے گزرتا ہوا محل کے انتہائی اندرونی حصے کی طرف بڑھ رہا تھا۔ یہاں تک کہ وہ ایک ایسے کمرے میں پہنچ گیا جس کے ملحقہ حصے سے ہنگامہ ہو، شور و غل اور چہچہے کی آوازیں آ رہی تھیں۔ خواجہ سرا اسے یہیں روک کر دوسری طرف چلا گیا اور کافی دیر بعد ناظر کی باریابی کی اجازت کے ساتھ واپس آیا، جب ناظر نے نواب کی بارگاہ میں حاضری دینے کے لئے آخری بار قدم اٹھائے تو وہ بہت بھاری ہو رہے تھے۔ اس سے چلا نہ جاتا تھا لیکن وہ اپنے وجود کو زبردستی گھسیٹتا ہوا خواجہ سرا کا ساتھ دے رہا تھا۔

اندر کا سماں ہی نرالا تھا، ایک لمبی سی میز کے سامنے نواب نصیر الدین حیدر نشے میں بدمست بیٹھے ہوئے تھے، میز پر آلات میکشی رکھے ہوئے تھے۔ ان کے پیچھے مورچھل بردار خواتین کی قطار مورچھل ہلانے کی خدمت اس طرح انجام دے رہی تھیں کہ دو دو خواتین مورچھل ہلاتی ہوئی آگے بڑھتیں اور پھر جب وہ واپس ہوتیں تو دوسری دو خواتین ان کی جگہ لے لیتیں۔ یہ خواتین اتنی حسین تھیں کہ ناظر کے ہوش و حواس جاتے رہے۔ متناسب جسم سے چپکا ہوا چست لباس ان کے ایک ایک عضو کے زیر و بم کی اس طرح نمائش کر رہا تھا کہ آدمی کے جذبات شہوانی میں آگ لگ جاتی تھی۔ گھنیرے سیاہ گھونگھریالے بالوں کی چوٹیوں میں رنگین زرتار پھمنے قیامت ڈھا رہے تھے۔ ان کے زرد، سرخ اور نیلے لباسوں پر آب رواں کے دوپٹے حشر کا ساماں تھے

ناظر تو اس جگہ کے ایک ہی منظر میں کھو گیا۔ اس عالم سرگشتگی میں اچانک اسے احساس ہوا کہ یہ کوئی عام جگہ نہیں ہے۔ نواب نصیر الدین حیدر والیِ اودھ کی محفل خاص ہے۔ وہ مودب ہو گیا اور نواب کے سامنے جھک کر آداب شاہی بجا لایا۔ نواب نشے میں کچھ اتنے دھت تھے کہ انہوں نے ناظر پر کوئی توجہ ہی نہ دی۔ اچانک اس کی نظر اس حسینہ پر پڑی جو اس محفل خاص میں نواب کے لئے ساقی گری کی خدمت انجام دے رہی تھی اس کا دل ڈوبنے لگا۔ آنکھوں تلے تاریکی پھیلنے لگی۔ یہ شازی تھی جس کے ایک شانے پر نواب کا ہاتھ تھا اور وہ دونوں ہاتھوں سے بھر بھر کے نواب کو جام پیش کر رہی تھی، ناظر کو اس منظر پر یقین نہ آیا۔ اس نے فرط کرب سے اپنی آنکھیں بند کر لیں۔ دل سینے میں اس بُری طرح ڈوب رہا تھا کہ اسے موت کا مزہ آ گیا۔

تھوڑی دیر بعد جب اس نے دوبارہ آنکھ کھولی تو نواب صاحب شازی کو اپنی آغوش میں لے چکے تھے اور اس کے لب و رخسار پر بے تحاشہ بوسوں کی بارش فرما رہے تھے۔ اس عالم میں شازی کی نظریں ناظر سے مل گئیں اور وہ کچھ بدحواس سی ہو گئی۔ ناظر نے اس کی آنکھوں میں موجود حسرت و ناکامی کی افسردہ کیفیات کو محسوس کیا۔ جیسے وہ کہہ رہی ہو "ناظر! میں مجبور تھی، ناظر میں مجبور ہوں۔"

اچانک خواجہ سرا نے نواب کے کان میں کچھ عرض کیا اور نواب نے جھرجھری لے کر ناظر کو گھورا۔ غریب شاعر ان نظروں کی تاب نہ لا سکا پیر تھرتھرائے اور وہ دھم سے زمین پر گر پڑا۔ اس کے گرتے ہی نواب نے ایک زوردار قہقہہ لگایا۔ "واللہ! ہمارا بڑا رعب ہے۔ لوگ ہماری نظروں کی تاب نہیں لا سکتے۔" اس کے بعد خواجہ سرا کو حکم دیا۔ "اس شاعر کو ہوش میں لایا جائے۔ مابدولت اس سے چند باتیں کریں گے۔"

حکم کی تعمیل ہوئی ناظر کو ہوش میں لایا گیا اور اسے دو آدمیوں نے بغلوں میں ہاتھ دے کے نواب کے حضور لے جا کے کھڑا کر دیا۔ نواب صاحب انتہائی ترنگ میں تھے، بدمست شرابی کی طرح سر نہوڑائے ناظر کو ایک نظر دیکھا اور حکم دیا۔ "اسے ہماری داہنی جانب بٹھایا جائے۔"

اس حکم کی بھی تعمیل کر دی گئی۔ ناظر کو داہنی جانب کی ایک کرسی پر زبردستی بٹھا دیا گیا۔ ناظر کو اس وقت اپنا ہوش ہی کہاں تھا۔ اس نے خواب جیسے عالم میں یہ محسوس کیا کہ شرکار محفل تمسخر و استہزا سے دیکھ دیکھ کر کچھ مسکرا رہے ہیں اور کچھ زور زور سے ہنس رہے ہیں۔

نواب نے بہکے بہکے لہجے میں ارشاد فرمایا۔ "واللہ! یہ شاعر بہت خوش قسمت ہے اس کے دل پر ہمارا رعب بیٹھ گیا ہے۔ مابدولت سمجھتے ہیں کہ جو خود ہی مر رہا ہو اس کا مارنا فضول ہے۔" اس کے بعد شازی سے پوچھا۔ "کیوں اے دلنواز کشمیر کی کلی! اس بارے میں تیری کیا رائے ہے؟"

شازی نے عرض کیا "حضور کا ارشاد فرمانِ خداوندی ہے یہ کبھی غلط نہیں ہو سکتا۔" اس نے یہ کہنے کو تو کہہ دیا لیکن ان چند لفظوں کی ادائیگی میں اس کا کلیجہ منہ کو آ گیا۔ دل بھر آیا اور آنکھیں نم ہو گئیں۔ ناظر کے دل پر شازی کے یہ الفاظ برق بن کے گرے اور اس میں شازی سے متعلق سارے سہانے خواب جل کر خاک ہو گئے۔

نواب صاحب نے دیوانوں کی طرح شازی کو دیکھا اور ارشاد فرمایا "شازی ہم تجھ سے بہت خوش ہیں۔ آج تو اس محفل کی جان ہے ہم تیرا رقص دیکھنا چاہتے ہیں۔ اور کوئی درد بھری غزل چھیڑ۔"

شازی تعمیل حکم میں فوراً کھڑی ہو گئی اور رقص پر آمادہ ہو گئی۔

نواب صاحب نے ہوشمند شرابی کے انداز میں ناظر کو دیکھا اور اس کا مذاق اڑاتے ہوئے فرمایا۔ "او نادان کم عقل شاعر! کیا یہ درست ہے کہ تو اس بے مثل حسینہ کے عشق میں اتنا پاگل ہو رہا تھا کہ یہ جو ہماری امانت تھی تو اس سے عشق لڑا رہا تھا اور اس سے شادی کے خواب دیکھ رہا تھا؟"

ناظر کے پاس کوئی جواب نہ تھا۔ نصیر الدین حیدر نشے میں بہکتے رہے۔ "لیکن تو نے دیکھا ہم ظل اللہ ہیں۔ ہماری امانت کی خدا حفاظت کرتا ہے۔ آج تو نادم و شرمسار ہے اور ہم کامران و بامراد۔ خبردار جو آئندہ ایسی نادانی کی حرکت کی۔ ہم تیری اس ادا سے بہت خوش ہیں کہ تیرے دل میں ہمارا رعب بیٹھ گیا ہے۔ آج اب جو کچھ بھی یہاں ہوگا تیری ضیافت میں ہوگا۔ ہم چاہتے ہیں کچھ تو بھی خوش ہو لے۔"

لیکن ناظر اچھی طرح سمجھ چکا تھا کہ نواب اس کرم فرمائی اور شاعر نوازی کے پردے میں اسے خوب اچھی طرح ذہنی کوفت اور قلبی اذیت پہنچا رہا تھا۔

اس کے بعد وہ دھما چوکڑی مچی اور نواب صاحب نے وہ ہنگامہ کیا کہ شازی رقص و موسیقی کا مظاہرہ بھی نہ کر سکی۔

جب نواب صاحب بالکل بے حال ہو گئے تو نیم وا مخمور آنکھوں سے شازی کو دیکھا اور اشارے سے اپنے قریب بلایا اور کسی کو حکم دیا "ارے کوئی ہے اس نازک اندام کشمیر کی کلی کو ہزار اشرفیاں عطا کی جائیں۔ ہم اندر جائیں گے۔"

حکم کی فوراً تعمیل ہوئی۔ نواب نے شازی کے کاندھے پر ہاتھ رکھ دیا۔ "ہم اندر جائیں گے۔"

شازی نے بھاری بھرکم نواب کو بھرپور سہارا دیا اور نواب لڑکھڑاتے قدموں سے آہستہ آہستہ حرم سرا کی طرف چل دیئے۔

اندر بیگمات شاہی نے شازی کو دیکھ کر منہ بنایا لیکن نواب نے انہیں ڈانٹ دیا۔ "منہ کیا بناتی ہو۔ یہ

بیگم ہے۔ اس کا حسن دیکھو ہم اسے سونے کا مکان بنوا دیں گے، اسے اپنی ملکہ بنائیں گے"! پھر ہنستے ہوئے شازی کو دیکھا اور گال پر ہلکی سی چپت رسید کرتے ہوئے دریافت کیا "کیوں ری! تو ہماری ملکہ بنے گی؟"

شازی نے بیگمات کی موجودگی میں شرما کر گردن جھکا لی کوئی جواب نہ دیا۔

نواب نے بیگمات کو ڈانٹا۔ "تم سب دفعان ہو جاؤ یہاں سے، ہمیں اپنی شازی کے ساتھ چھوڑ دو تخلیہ، تخلیہ!' ساری بیگمات ایک دم اِدھر اُدھر ہو گئیں اور وہاں نواب اور شازی کے سوا تیسرا کوئی شخص بھی نہ رہ گیا۔ پھر جو بندی چڑھی ہے اور طوفان اٹھا ہے تو وہ بڑی دیر تک شازی کو زیر و زبر کرتا رہا اور شازی تنکے کی طرح اس طوفان کی زد میں رہی۔

جب ناظر محل سے باہر آیا تو اس کی بختاور سے مڈبھیڑ ہو گئی۔ ناظر بالکل بے جان ہو رہا تھا۔ اس کا دم خم اس سے چھن چکا تھا۔ اس نے بختاور سنگھ کو دیکھا اور اس طرح لاتعلق بن گیا گویا دونوں میں کبھی صاحب سلامت بھی نہ تھی۔

بختاور سنگھ نے اسے چھیڑا، پوچھا "کہاں سے آرہے ہیں؟ دربار سے؟ وہاں کچھ دیکھا؟

ناظر نے کوئی جواب نہ دیا، اپنی بگھی کی طرف بڑھا۔

بختاور سنگھ بالکل قریب آگیا اور ایک بار پھر چھیڑا۔ "نواب صاحب سے ملاقات ہوئی؟ آپ کو بہت یاد کرتے تھے"!

ناظر پر جذبات کی شدت کا غلبہ تھا اس کی قوت گویائی سلب ہو چکی تھی۔ اس نے ایک نظر بختاور کو دیکھا اور منہ پھیر لیا۔

بختاور سنگھ حیران تھا کہ اس گرم مزاج شاعر کو ہو کیا گیا۔ وہ ناظر کے ساتھ ساتھ چلنے لگا۔ بولا "اس دن اگر میں بھاگ نہ آتا تو کیا آپ واقعی مجھے قتل کر دیتے؟"

ناظر بگھی کے پاس پہنچ چکا تھا۔ اس نے بختاور سنگھ کو جھڑک دیا "اپنی راہ لو ہمیں مت چھیڑو، ہم اپنی زندگی سے بیزار ہیں"!

"دوست!" بختاور سنگھ کہنے لگا۔ "تم نے شازی سے اکیلے ہی اکیلے معاملہ کرنا چاہا۔ وہ بازار کی چیز تھی ہم سب کو اس سے لطف اندوز ہونے کا حق پہنچتا تھا۔ لیکن تم نے خود غرضی سے اسے صرف اپنے لئے ہتھیا لینا چاہا اور مجھ سے اہانت آمیز سلوک کرنے لگے، پھر تو تم یہ جانو کہ تمہارے یار کو بھی ہزار ہتھکنڈے آتے ہیں۔ میں نے یہ سوچا کہ اب معاملہ قابو سے باہر ہوتا جا رہا ہے تو بہتر یہی ہے کہ شازی نہ تمہیں ملے نہ ہمیں۔ بجو آگا

اصل مستحق ہے اس کے حوالے کر دیا جائے۔ چنانچہ حق بہ حقدار رسید کے مصداق اسے نواب صاحب کے حوالے کر دیا گیا اور اس سے متعلق اِدھر اُدھر سے کچھ روداد بھی گوش گزار کر دی گئی۔"

ناظر نے جیسے کچھ سُنا ہی نہیں، پائیدان پر پیر رکھ کر بگھی پر چڑھ گیا اور سیٹ پر بیٹھتے ہوئے کوچوان کو حکم دیا۔" گھر!"

بگھی چل دی اور بختاور سنگھ اسے دیکھتا کا دیکھتا رہ گیا۔ یہاں تک کہ بگھی چھوٹی ہوتی چلی گئی، اور پھر ٹیڑھے میڑھے راستوں میں کہیں گم ہو گئی۔

ناظر کچھ ایسی بے کیفی، مایوسی اور دل برداشتگی کا شکار ہوا کہ ہر کہیں کا آنا جانا موقوف ہوا۔ سارا سارا دن گھر اور باغیچے کے چکر لگاتا رہتا۔ شعر و شاعری پر بھی طبیعت آمادہ نہ ہوتی۔ کبھی منہ لپیٹ کے پڑ جاتا کبھی رونے لگتا۔ کبھی سوچنے لگتا۔ رنگین ماضی سے سوگوار حال اور ویران مستقبل تک اب کچھ بھی نہ رہ گیا تھا۔ اب اسے کسی کا خوف بھی نہ تھا۔ دربار کی آمد و رفت بھی موقوف ہو گئی۔ اسے نوابی عتاب کا بھی ڈر نہ تھا۔ معلوم نہیں اسے اب بھی یہ امید کیوں تھی کہ نواب کا ظالم و جابر ہاتھ شازی کو زیادہ دنوں تک اپنے قابو میں نہ رکھ سکے گا اور شازی محلسرا کی پُر پیچ چہار دیواریوں کو نانگھتی پھلانگتی اس کے پاس آ جائے گی اور پھر ہمیشہ ہمیشہ کے لئے اس کی ہو جائے گی۔ دل کا بوجھ اتارنے کے لئے اس نے شازی کو خط لکھنا شروع کر دیا۔ اسے اس سے کوئی غرض نہ تھی کہ یہ خط شازی تک پہنچے گا کس طرح؟ اسے تو بس دل کی بھڑاس نکالنا تھی اس نے لکھا:

"شازی! میرے تیرہ و تار غم خانے کے آفتاب! بالآخر تم محلسرا کے افق میں غروب ہو گئیں۔ کیا تم وہاں خوش ہو؟ اس دن تم نے میری بڑی جان جلائی لیکن تم بھی کیا کرتیں مجبور تھیں، شازی! تم نہیں جانتیں یہ نواب لوگ کتنے ظالم اور بے وفا ہوتے ہیں۔ یہ محبت نہیں کرتے، یہ بوالہوس ہوتے ہیں، ان کی محبتیں، عنایتیں، کرم فرمائیاں اور نوازشیں وقتی ہوتی ہیں۔ چند دنوں یہ تم سے کھیلے گا اور پھر تم بھی ان سینکڑوں اور ہزاروں محلسرائی بدنصیبوں میں داخل کر دی جاؤ گی جن کی زندگیاں بقیہ زندگی کی آخری سانسوں تک مجبور و محروم رہیں گی یا پھر اپنے جذبات اور خواہشات کی آگ بجھانے کے لئے ان ادنیٰ خدمتگاروں کی منت کش ہوں جو ان کے آس پاس ان کی خدمتگاری اور نگرانی پر متعین ہیں۔

شازی! میں اب بھی تمہارا منتظر ہوں جب چاہو آ جاؤ۔ باغیچے میں میز بچھی ہے، شام ہوتے ہی جب چراغ جل جاتے ہیں۔ میں سازوں کو قرینے سے میز پر سجا کر ان کے قریب ہی اپنی بیاض رکھ دیتا ہوں، اور باغیچے کے در پر نگاہیں جما کر بیٹھ جاتا ہوں۔ کیونکہ مجھے یقین ہے کہ تم ایک نہ ایک دن آؤ گی ضرور کیونکہ تمہیں بھی مجھ سے محبت ہے جب تم آ جاؤ گی تو میں اپنے منصوبے کے مطابق ستار بجاؤں گا اور تم میری

غزلیں گایا کروگی۔ اللہ کیسا پُرلطف سماں ہوگا لوگ ہم پہ رشک کریں گے اور ہاں ایک بات اور، بختاور سنگھ سے ڈرنے کی کوئی ضرورت نہیں کیونکہ وہ اپنی دانست اور اختیار میں ہمیں جو بڑا نقصان پہنچا سکتا تھا، پہنچا چکا، اب وہ ہمارا کچھ بھی نہ بگاڑ سکے گا۔"

ناظر ہر روز اسی نوعیت کے خطوط اور مستقبل نامے شازی کے نام لکھتا رہتا اور لکھ کر احتیاط سے ایک صندوق میں جمع کرتا رہتا۔ ادھر دربار میں بختاور سنگھ موقع موقع سے ناظر کے خلاف نواب صاحب کو ورغلاتا رہتا، کبھی کہتا: "ناظر اب دربار میں بھی نہیں آتا۔ کبھی کہتا، ناظر حضور کو نازیبا الفاظ میں یاد کرتا رہتا ہے۔"

لیکن نواب کو ایک معمولی شاعر یا رئیس زادے سے کیا خطرہ لاحق ہو سکتا تھا۔ ہاں بختاور سنگھ کا مرتبہ بہت بڑھ گیا تھا۔ روزمرہ کے نوابی اخراجات بختاور سنگھ کی نگرانی میں ہونے لگے تھے جس سے اس کی دولتمندی میں دن دونا اور رات چوگنا اضافہ ہو رہا تھا۔ میر فدّو بھی بہت خوش تھا کیونکہ شازی کا نصیبہ بڑے عروج پر تھا۔ اس کا ہر روز روزِ عید اور ہر شب شب برات تھی۔ میر فدو کی دولت بھی خوب بڑھ رہی تھی۔

محفل خاص سے محلسرا تک شازی کا طوطی بول رہا تھا۔ یہ چرچے کسی نہ کسی طرح ناظر کے کانوں تک بھی پہنچ رہے تھے۔

ایک دن سہ پہر کو ناظر کا بے حد دل گھبرایا تو اس نے بگھی تیار کرائی اور اس پہ سوار ہو کے دریائے گومتی کی طرف روانہ ہو گیا جب بگھی دریائے گومتی کی سڑک پہ پہنچی تو نوابی سپاہیوں نے اس کی گاڑی کو سڑک کے کنارے روک دینے پر مجبور کر دیا۔ معلوم ہوا نواب صاحب کی سواری گزرنے والی ہے، ناظر کے جی میں آئی کہ کسی طرح وہ یہاں سے فرار ہو جائے تو اچھا ہے لیکن اب تو بھاگنے کا وقت بھی نہ تھا خوفزدہ اور پریشان سڑک کے کنارے کھڑا ہو گیا۔ تھوڑی دیر بعد نواب کی سواری گزری۔ اس وقت نواب صاحب اپنی گاڑی سے دریائے گومتی کا مشاہدہ فرما رہے تھے۔ دفعتاً ان کی نگاہ ناظر پہ پڑ گئی۔ نواب نے ایک خدمت گار کو حکم دیا کہ اس شاعر کو ان کے قریب لایا جائے۔ حکم کی تعمیل ہوئی اور لوگ ناظر کی طرف دوڑ پڑے اور ذرا سی دیر میں ناظر کو لے کر نواب کی خدمت میں حاضر ہو گئے۔

نواب کی تیوری پر بل پڑ گئے تاہم صبر و ضبط سے کام لیا اور ناظر سے دریافت کیا "کیوں جی تم دربار کیوں نہیں آتے؟"

ناظر نے عذر کیا۔ "قبلۂ عالم پچھلے دنوں میں سخت بیمار رہا ورنہ یہ غلام حاضری سے محروم نہ رہتا۔" اس نے محسوس کیا اندر سے کسی کی دو آنکھیں دیکھ رہی تھیں، اسے شبہ گزرا کہ یہ آنکھیں شازی کے سوا اور کسی کی نہیں ہو سکتیں، اس کے دل پہ چوٹ لگی اور اس نے عجز و انکسار سے گردن جھکا لی۔

نواب نے حکم دیا: "ہم راستے میں گفتگو کے قائل نہیں، یہ رسم شرافت کے خلاف ہے کل تم دربار میں آؤ گے!" اور نواب کی سواری آگے بڑھ گئی۔

دوسرے دن دل نہ چاہنے کے باوجود وہ دربار چلا گیا، جس وقت وہ دربار میں پہنچا، نواب بختاور سنگھ سے مصروفِ گفتگو تھے اور طبیعت بڑی موزوں تھی۔ بختاور سنگھ ایک چونگلا لئے مودب خمیدہ سر کھڑا تھا۔ ناظر کورنش و تسلیمات بجا لایا۔ نواب نے ایک نگاہ غلط انداز سے اسے دیکھا اور بختاور سنگھ سے دریافت کیا: "اس چونگلے میں کیا ہے؟"

بختاور سنگھ نے مختصر جواب دیا: "قبلۂ عالم کے ماہانہ خرچ کی فرد ہے یہ۔"

نواب نے کسی کو حکم دیا: "اس چونگلے کی پیمائش کی جائے۔"

بختاور سنگھ نے چونگلے کا ایک سرا پکڑ کے چھوڑ دیا جس سے وہ دور تک کھلتا چلا گیا۔ گز آ چکا تھا۔ اور دو آدمی چونگلے کی پیمائش کر رہے تھے۔ معلوم ہوا اس کی لمبائی ساڑھے چار گز اور چوڑائی نصف گز ہے۔ چونگلے کا طول و عرض ادب کے ساتھ اونچی آواز میں بتا دیا گیا۔

"کیوں جی! کُل خرچ کتنا ہوا ہوگا؟"

بختاور سنگھ نے خود حساب کے میزان پر نظر ڈالی اور بآوازِ بلند عرض کیا: "قبلۂ عالم کُل بانوے ہزار روپئے دو بس۔" نواب صاحب نے کہا: "یہ تو مہینے کے اخراجات معمولہ سے زیادہ معلوم ہوتا ہے!"

بختاور سنگھ نے عجز و انکسار سے وضاحت کی: "قبلۂ بندگان! اس میں دو ہاتھیوں کی قیمت بھی شامل ہے!"

"خیر، خیر" نواب نے آخر میں دستخط کر دیئے: "جاؤ اسی وقت خزانچی سے یہ رقم وصول کر لو۔"

جب بختاور سنگھ چلا گیا تو کسی مصاحب نے کہا: "قبلۂ مومناں! اخراجات میں مبالغہ معلوم ہوتا ہے" نواب نے اسے ڈانٹ دیا: "خاموش! ہم بھی سمجھتے ہیں لیکن اگر ہم چاہتے ہیں کہ بختاور سنگھ دولت مند ہو جائے تو کیا تم ہمیں بخشش و عنایات سے روک لوگے؟"

معترض اپنا سا منہ لے کر رہ گیا۔ اسی وقت اندرونی دروازے سے شازی نمودار ہوئی۔ ناظر نے اسے جیسے ہی دیکھا اپنے آپ میں نہ رہا۔ کچھ عجیب سی کیفیت ہو گئی۔ شازی ناز و انداز سے اٹھلاتی آہستہ آہستہ نواب کی طرف بڑھ رہی تھی۔ نواب نے اسے دیکھتے ہی کراہت سے کہا: "بھئی کیا مصیبت ہے یہ تو بلائے بے درماں ہو گئی ہے۔ اس سے خدا اپنی پناہ میں رکھے۔"

نواب کے ان فقرات سے ناظر کی جان میں جان آئی۔ وہ سمجھ گیا کہ نواب کا دل اب شازی سے بھر

چکا ہے اور اسے بہت جلد قربت سے محروم کر دیا جائے گا۔

شازی نواب کے قریب آ کر کھڑی ہو گئی۔ نواب کے التفات بے جا اور کرم بے پناہ نے اس میں خوئے بے نیازی پیدا کر دی تھی۔ نواب نے اس پر ایک اچٹتی ہوئی نظر ڈالی اور بیٹھ جانے کا اشارہ کیا۔

آج نواب کے مصاحبین میں چند انگریز بھی شامل تھے۔ نواب کو انگریزوں سے خصوصی اُنس تھا۔ شازی کو حکم ملا کہ انگریز مصاحبین کے اعزاز میں کوئی غزل چھیڑی جائے۔ اس موقع پر ناظر کو یہ محسوس کر کے بڑا دُکھ ہو رہا تھا کہ شازی اس کی موجودگی کو قطعاً نظر انداز کر رہی تھی۔ ناظر کے دل کو سخت دھچکا لگا۔ اسے شازی سے ایسی امید نہ تھی۔

نواب کا حکم پاتے ہی شازی پھرتی سے اٹھی۔ اس کے آس پاس اس کے سنگتی بھی آ کر کھڑے ہو گئے۔

شازی نے وہی غزل چھیڑی جو وہ ایک بار ناظر کے باغیچے میں گا چکی تھی۔

"اسّی سالہ ناکارہ ناصح مجھ سے کہتا ہے تو محبت مت کر۔ میں نے اسے جواب دیا۔ اس نصیحت کے سوا تو اور کر ہی کیا سکتا ہے؟

محبت کی آگ نے گوشت اور پوست کو تو جلا ہی دیا تھا۔ اب اس کی آنچ ہڈیوں پر بھی محسوس کرنے لگا ہوں۔

چاند میں وہ متناسب اعضاء کہاں ہیں جو میرے محبوب کے متناسب جسم میں۔ پھر چاند سے میرے محبوب کا مقابلہ!!

خدا کی قسم اگر میرا محبوب مجھ سے وعدہ کرے کہ میں ماگھ اور پوس کی کڑکڑاتی سردیوں میں تیرے پاس آؤں گا، تو برہنہ تن میرا انتظار کر، تو میں پورے دو ماہ بغیر لباس کے گزار دوں گا۔ کیونکہ میں جانتا ہوں، عشق کی تپش اور مفارقت کی آگ میرے وجود کو گرم رکھے گی۔"

آج نواب پر سرد مہری کی کیفیت طاری تھی۔ کوئی داد نہ دی، نہ آواز کی نہ کلام کی۔ آخر میں طنز سے پوچھا "کیوں جی! یہ کس احمق کا کلام ہے؟"

شازی نے نہایت ادب کے ساتھ ناظر کی طرف اشارہ کیا۔ نواب صاحب نے اپنے مصاحبین کی توجہ کو اس طرف منعطف کراتے ہوئے ارشاد فرمایا "نابدولت کا خیال ہے کہ غزل کا اسّی سالہ سٹھیایا ہوا ناکارہ ناصح خود شاعر ہے جو ایسے بے سر و پا مضامین اپنی غزل میں باندھ رہا ہے۔ دیکھو تو یہ احمق کیا کہتا ہے کہتا ہے ماگھ پوس کی سردیاں برہنہ جسم پر جھیل سکتا ہے اور اس کے عشق کی آگ اسے حرارت بخشے گی۔ نری بکواس، سراپا ہذیان" اس کے بعد شازی پر نزلہ گرا "اور تم؟ تم بھی سٹھیا گئی ہو احمق کشمیرن تمہیں

ایسی غزل کا انتخاب ہرگز نہیں کرنا چاہیئے تھا۔ ہر روز تم ہر لمحہ تم، ہر آن تم۔ واللہ تم نے ہماری زندگی اجیرن کر دی ہے۔" اس کے بعد ایک انگریز مصاحب سے دریافت کیا۔ "کیوں جی! اگر اس کشیرن کو انگریز عورتوں کا لباس پہنایا جائے، تو یہ کیسی لگے گی ؟"

انگریز مصاحب نے جواب دیا۔ "جواب میں کچھ عرض کرنا فضول ہے! اگر ارشاد عالی ہو تو یہ لباس منگوائے لیتے ہیں۔ اسی وقت پہنا کر دیکھ لیا جائے۔"

حکم ہوا۔ "اسی وقت، ابھی منگاؤ۔ ہم انگریزی لباس میں اسے دیکھنا چاہتے ہیں۔"

انگریز مصاحب فوراً وہاں سے چلا گیا اور ذرا سی دیر میں اپنی میم کا لباس لے آیا۔ اس کی میم موٹی تازی رہی ہوگی اور شازی اکہرے جسم کی تھی۔

نواب نے حکم دیا۔ "شازی! یہ لباس پہن کے آؤ۔"

حکم حاکم، مرگ مفاجات۔ بددلی سے اٹھی اور اندر جاکر مشرقی لباس اتارا اور یورپی لباس پہن لیا۔ جب پہن کر باہر آئی تو اس کا عجیب مضحکہ خیز حلیہ بن چکا تھا۔ ڈھیلا ڈھالا، جھاڑ جھول، بدنمائی کے ساتھ کچھ ادِھر لٹکتا تھا اور کچھ اُدھر لٹکتا تھا۔ اس کی ساری نزاکت پر پانی پھر گیا تھا اور سارا حسن رخصت ہو چکا تھا۔

اس کی شکل دیکھتے ہی نواب صاحب کا قہقہہ بلند ہوا۔ مصاحبین نے بھی ان کا ساتھ دیا۔ پوری مجلس طنز و استہزا کے قہقہوں سے گونج اٹھی۔ دبے دبے، دھیمے دھیمے لہجوں اور آوازوں میں لوگ کہہ رہے تھے۔ "چڑیل بہت سر چڑھ گئی تھی۔ لے اب مزا چکھ۔"

ناظر کا غصے اور افسوس سے بہت بُرا حال تھا۔ اس سے شازی کی بے بسی دیکھی نہ جاتی تھی۔ اسی عالم میں جب اس نے دیکھا کہ شازی کی آنکھوں سے موٹے موٹے آنسو رواں ہو چکے ہیں اور رخساروں سے پھسلتے ہوئے ٹھوڑی کی راہ سے لباس پر ٹپک رہے ہیں تو اس کا دل بھر آیا اور اس سے یہ المناک منظر دیکھا نہ گیا۔

اسی عالم میں شازی کی لرزتی ہوئی آواز سنائی دی۔ "قبلۂ بندگاں! لونڈی اپنے وطن کشمیر جانا چاہتی ہے اور مرحمت عالی کی خواستگار ہے۔"

"نہیں!" نواب کا قہقہہ بلند ہوا۔ "ہم تمہیں اس حلیے میں ہر روز اور ہمیشہ دیکھنا چاہتے ہیں۔ واللہ کیا تفنن طبع کا نسخہ ہاتھ آیا ہے، واللہ!"

شازی کی خفیف سی آواز سنائی دی۔ "قبلۂ حاجتمنداں! لونڈی رحم کی طلب گار ہے۔"

یہ تماشا جاری ہی تھا کہ بختاور سنگھ پھر حاضر ہوگیا۔ جب اسے لوگوں سے یہ معلوم ہوا کہ شازی نواب کے جی سے اتر چکی ہے تو اس کی خوشی کی انتہا نہ رہی۔ وہ خوشی میں پھولا نہ سمایا۔ اس نے سوچا۔ اپنا نصیبہ ان دنوں زوروں پہ ہے، نواب صاحب اس پر ضرورت سے زیادہ مہربان ہیں کسی موقع پر شازی کو نواب صاحب سے مانگ لیا جائے گا۔ اس خیال میں ایسا نشہ تھا کہ اس دن جب بختاور سنگھ دربار سے واپس ہوا تو وہ پاؤں رکھتا کہیں تھا اور وہ پڑتا کہیں تھا۔

ناظر کی دربار جانے کی پھر ہمت نہ پڑی۔ لیکن بختاور سنگھ شازی کی امیدواری میں اور زیادہ مستعدی سے حاضری دینے لگا۔ اب تو یہ دستور ہو گیا تھا کہ شازی روزانہ ہی یورپین خواتین کے لباس میں نواب کے پاس موجود ہدف تضحیک بنی رہتی۔ اس نے جتنا عروج دیکھا تھا اُس سے کچھ زیادہ ہی زوال دیکھ رہی تھی بختاور سنگھ موقع کی تلاش میں تھا اسے یقین تھا کہ یہ پکا ہوا پھل عنقریب اس کی جھولی میں گرنے والا ہے۔

ایک دن جب وہ دربار میں پہنچا تو نواب صاحب بہت خوش تھے بات بات پہ مذاق فرما رہے تھے۔ اس روز انہوں نے بھی انگریزی لباس پہن رکھا تھا۔ نواب صاحب کی یہ عادت تھی کہ جب وہ انگریزی لباس پہنتے تو انگریزی ٹوپی ہاتھ میں لیے رہتے اور مشغلے کے طور پر اسے انگلی پر نچایا کرتے۔ اس روز بھی یہی شغل فرما رہے تھے۔ انگریز مصاحبین بھی موجود تھے۔ اچانک نواب صاحب کہیں جانے کے لئے اٹھے۔ سارے مصاحبین بھی اٹھ کر کھڑے ہوگئے۔ انگریزی ٹوپی نواب کی انگلی پر حرکت میں تھی۔ معلوم نہیں کس طرح اس میں سوراخ ہوگیا اور انگلی ٹوپی کے آر پار ہوگئی۔ نواب نے حیرت سے اسے دیکھا اور بے ساختہ بولے۔ "ایں یہ کیا؟"

بختاور سنگھ ادب سے آگے بڑھا اور حاضر جوابی کے نشے میں بول اٹھا "حضور! تاج میں سوراخ ہو گیا۔"

نواب کے چہرے کا رنگ بدل گیا۔ غصے سے چہرہ سُرخ ہوگیا مصاحبین کے ہوش و حواس جاتے رہے۔ بختاور سنگھ کی جان نکل گئی لیکن تیر نکل چکا تھا۔ اس کی واپسی ناممکن تھی۔ نواب نے غصے میں پیر ٹپکے اور چیخ کر کہا: "بدشگونی، بدفالی۔ ہمیں اس کی باتوں سے بغاوت کی بُو محسوس ہوتی ہے؟" پھر جوشِ غضب میں تالی بجائی۔ کئی خدمتگار حاضر ہو گئے۔ نواب نے حکم دیا۔ "بختاور سنگھ کو گرفتار کر لو۔"

بختاور سنگھ گرفتار ہو گیا۔ آناً فاناً سارے اعزازات چھن گئے۔

نواب نے دوسرا حکم دیا۔ "اس کے طبنچے کو قابو میں کیا جائے اور ہمیں بتایا جائے کہ وہ بھرا ہوا ہے یا خالی ہے۔"

طمنچہ بھی چھین گیا اور بتایا گیا کہ طمنچہ بھرا ہوا ہے۔

نواب صاحب نے انگریز مصاحبین کو مخاطب کیا۔ "کیوں جی! تمہارا کیا خیال ہے؟ یہ بختاور سنگھ باغی ہو گیا تھا نا؟ اور اس کی بغاوت کا یہ ثبوت کیا کم ہے کہ اس نے پہلے تو ہمارے تاج میں سوراخ کیا اور اس نے سوراخ سے پہلے اپنے طمنچے کو بھی بھر رکھا تھا۔"

ایک انگریز مصاحب نے آہستہ سے عرض کیا: "پیر و مرشد! بختاور سنگھ کوتوال تھا اسے اپنے منصب کی بجاآوری کے دوران طمنچے کو بھرا ہوا ہی رکھنا چاہیئے۔"

نواب نے اس دلیل کو رد کر دیا۔ "تم انگریز ان ہندیوں کی فطرت کیا جانو! اور ہاں ہمیں یہ تو بتاؤ کہ تمہارے انگلستان میں تمہارے بادشاہ کے روبرو ایسا جرم سرزد ہو تو اسے کیا سزا دی جاتی ہے؟"

انگریز مصاحب نے عرض کیا۔ "قبلۂ عالم! ہمارا بادشاہ پہلے جرم کی خوب اچھی طرح چھان بین کراتا ہے اس کے بعد یا تو چھوڑ دیا جاتا ہے یا ثابت شدہ جرم کی نوعیت پر معمولی یا غیر معمولی سزا دی جاتی ہے۔"

"ٹھیک ہے۔" نواب نے اطمینان کی سانس لی۔ "ہم بھی یہی کریں گے۔ رہا جرم کے ثابت ہونے کا سوال تو وہ تو ثابت ہو ہی چکا ہے۔ بختاور کی بدخواہیٔ سلطنت ثابت ہو چکی ہے اور دوسرا سنگین جرم یہ بھی ثابت ہو چکا ہے کہ اس کا طمنچہ بھرا ہوا تھا۔ بس یہ دو باتیں جرم کے سنگین ہونے کی بخوبی دلالت کرتی ہیں۔" اور فوراً ہی اپنا فیصلہ سنا دیا۔ "بختاور سنگھ کا تمام مال و اسباب ضبط کر لیا جائے، اس کی کل املاک اور جائیداد نیلام کرا کے اس کی رقم داخلِ خزانہ کی جائے اور بختاور سنگھ کو تا زیست بندی خانے میں ڈال دیا جائے۔"

یہ حکم حکمِ نادری تھا۔ دو آدمی انتہائی ذلت اور بیدردی سے اسے کھینچتے ہوئے دربار کے باہر لے گئے اور اسے قید خانے میں ڈال دیا گیا۔ اور بختاور سنگھ کی املاک اور جائیداد بحقِ سرکار نیلام کر کے رقم داخل خزانہ کر دی گئی۔

اس واقعے کو کئی سال گزر گئے۔ نواب نصیر الدین حیدر رحلت فرما گئے۔ ان کی جگہ نواب محمد علی شاہ نے اودھ کا تاج و تخت سنبھالا۔ تخت نشین ہونے کی خوشی میں بہت سے قیدی رہا ہوئے۔ انہی میں بختاور سنگھ بھی تھا۔ وہ بالکل بوڑھا ہو چکا تھا۔ صحت تباہ ہو چکی تھی۔ بینائی بھی جواب دے چکی تھی۔ کسی مسافر کی طرح جب وہ لکھنؤ کی کھلی فضا میں سانس لینے کے لئے کھڑا ہوا تو اس کی سمجھ میں کچھ نہ آتا تھا کہ کہاں جائے۔ بیوی بچے نواب مرحوم کے عتاب سے بچنے کے لئے انگریزی علاقے کانپور میں چلے گئے تھے۔ اس کا اپنا لکھنؤ اب ایک اجنبی شہر تھا۔ سڑکیں مانوس سی ضرور لگتی تھیں لیکن ان میں بیگانگی کا عنصر بھی محسوس ہوتا تھا۔ ذہن پہ زور دیا

کہ کہاں جایا جائے، یہاں تو دنیا ہی بدل چکی تھی۔ اس غور و فکر میں اسے ناظر یاد آگیا۔ وہ بدنصیب شاعر اور اس کا رقیب جس کی کئی بے عزتیاں نواب کے دربار میں ہو چکی تھیں۔ وہ آہستہ آہستہ قدم اٹھاتا ہوا ناظر کی طرف چل دیا۔

مغرب کا وقت تھا۔ چراغ جل چکے تھے۔ لمحہ بہ لمحہ تاریکی گہری ہوتی جا رہی تھی۔ جب وہ ناظر کے گھر پہنچا اور اس نے مرتعش ہاتھوں سے دروازے پر دستک دی تو کچھ دیر بعد اندر سے ایک ملازم نمودار ہوا۔ اس نے پوچھا: "آپ کو کس سے ملنا ہے؟"

بختاور سنگھ نے دھڑکتے دل سے جواب دیا۔ "میں ناظر صاحب سے ملنا چاہتا ہوں۔"

"اچھا۔" اس نے آہستہ سے کہا۔ "آپ کی تعریف؟"

بختاور سنگھ کو بڑا دکھ پہنچا۔ یہ آدمی لکھنؤ کے کوتوال بختاور سنگھ کو نہیں جانتا۔ اس نے سوچا۔ اس کی بھی کیا خطا، اب یہاں اسے کوئی بھی نہیں پہچانتا۔ اس نے مردہ سی آواز میں کہا: "ہمیں بختاور سنگھ کہتے ہیں۔"

"بختاور سنگھ!" ملازم کو کوئی بات کھٹکی۔ "آپ کہاں سے تشریف لائے ہیں؟"

"یہ کیسا سوال کرتے ہو بھائی!" بختاور کا دل بھر آیا۔ "اب تمہیں کیا بتاؤں کہ کہاں سے آیا ہوں۔ میرے بھائی! تم اسی لکھنؤ کے رہنے والے ہو یا کہیں مضافات سے آتے ہو؟"

ملازم نے جواب دیا۔ "میں اسی لکھنؤ سے تعلق رکھتا ہوں۔"

بختاور سنگھ کو یک گونہ خوشی سی ہوئی، بولا۔ "تب پھر تم ہمیں بآسانی پہچان لوگے۔ آج سے آٹھ سال پہلے تمہارے لکھنؤ میں کوتوال کون ہوا کرتا تھا، جانتے ہو؟"

ملازم نے اپنے حافظے پہ زور دیا اور پھر فوراً ہی باہر آگیا۔ "یہ آپ ہیں کوتوال صاحب!" اس نے نہایت عقیدت و احترام سے بختاور کو سلام کیا۔

بختاور نے افسردگی سے جواب دیا۔ "ہاں یہ میں ہوں میرے بھائی۔ نواب محمد علی شاہ نے اپنی تخت نشینی کی خوشی میں جن قیدیوں کو رہا فرمایا ہے انہی میں میں بھی ہوں۔" پھر دریافت کیا۔ "اپنے ناظر میاں تو خیریت سے ہیں؟"

ملازم بختاور کو باغیچے کی دیوار کے ساتھ ساتھ اس کے در کی طرف لے کر چلا اور کہنے لگا۔ "ان کا حال کیا پوچھتے ہیں کوتوال صاحب! ان کا عجیب حال ہے۔ ہم انہیں لاکھ لاکھ یہ یقین دلاتے ہیں کہ شازی یا تو اپنے وطن کشمیر واپس چلی گئی یا مزید دولت کمانے کی ہوس میں کسی دوسرے دربار کا رخ کر گئی ہے۔

لیکن ان کا تو جیسے ذہنی توازن ہی بگڑ گیا ہے۔ کھاتے پیتے ہیں لیکن بات چیت کم کرتے ہیں۔ کسی سے کچھ کہتے بھی نہیں۔ شازی کا کبھی نام بھی نہیں لیتے۔ لیکن جہاں شام ہوتی ہے' یہ باغیچے میں بچھی ہوئی میز پر ساز اور بیاض رکھ کے بیٹھ جاتے ہیں اور ان کی نگاہیں باغیچے کے در پہ لگ جاتی ہیں۔ جیسے شازی بس آنے ہی والی ہو۔ اس انتظار میں جب نصف رات گزر جاتی ہے تو اٹھ کر اندر چلے جاتے ہیں۔"

جب ملازم بختاور سنگھ کو لے کر ناظر کے سامنے پہنچا تو وہ اپنے پرانے رقیب کو پہچان نہ سکا۔

ناظر نے جھرجھری لی۔ اس نے لالٹین کی روشنی میں بختاور سنگھ کو دیکھا اور کچھ دیر تک دیکھتا ہی رہ گیا۔ ناظر کی صحت بھی تباہ ہو چکی تھی۔ آنکھیں ویران اور ایسی خشک تھیں جیسے اب ان میں کچھ بھی نہ رہ گیا ہو۔

اچانک ناظر اٹھا اور بے ساختہ بختاور سنگھ سے لپٹ گیا۔ "کوتوال صاحب!"

بختاور کی آنکھیں بھی بھر آئیں۔ اور بھرائی ہوئی آواز میں ناظر کی پشت تھپتھپاتا ہوا بولا: "ناظر' میرے بھائی! صبر کرو۔ صبر! دیکھو تو میں تم سے زیادہ دکھی ہوں۔"

ناظر نے کچھ بھی نہیں کہا۔ لیکن جب بختاور سنگھ کے سینے کے کپڑے کے اس پار جسم نے کچھ نمی محسوس کی تو اسے اندازہ ہوا کہ آج ان ویران آنکھوں سے جو بظاہر خشک اور صحرا کی مانند تھیں ایک چشمہ بہہ نکلا ہے اور اس کی سوت سینے پر عین اس کے دل پر پھوٹ نکلی ہے جس میں ساری کدورتیں' جملہ آلائشیں اور تمام باہمی تکدرات خس و خاشاک کی طرح بہے چلے جا رہے ہیں۔

اسکندریہ کی دوشیزہ

•••

مصر کے خلفائے بنو فاطمہ کے آخری نوجوان حکمراں العاضد نے جب یہ محسوس کیا کہ مصری بساطِ سیاست کے سب سے بڑے شاطر شاور نے اپنے جملہ حریفوں کو شکست دے دی ہے تو اس کے لئے اب اس کے سوا کوئی اور راہ نہ تھی کہ بجبر و کراہ شاور کو وزارتِ عظمیٰ کے عہدے پر فائز کر دیا جائے۔ چنانچہ اس نے بدرجۂ مجبوری قلمدانِ وزارت شاور کے سپرد کر دیا اور خود قصرِ خلافت کی عظیم الشان چہار دیواری میں قیدیوں جیسی زندگی گزارنے لگا۔

شاور ملکی اور سیاسی میدان میں نٹوں جیسے کرتبوں کا ماہر تھا۔ جس طرح ایک نٹ پتلی رسی پر خلا میں کھڑے ہو کر اپنے فن کا مظاہرہ کرتا ہے۔ اسی طرح شاور بھی مصری سیاست کی بال سے زیادہ باریک پل صراط سے پار اترنے کی کوششوں میں مصروف تھا۔ اسے یہ کام بہت اچھا آتا تھا۔ اس کا منصوبہ تھا کہ جب عیسائی افواج اسکندریہ سے ہوتی ہوئی قاہرہ کی طرف بڑھیں تو خلافت عباسیہ بغداد کے نمائندے نور الدین زنگی سے دوستانہ امداد طلب کر لی جائے۔ اور جب نور الدین زنگی کی فوج قاہرہ کا رخ کرے تو اسکندریہ میں نردکش عیسائیوں کی اعانت حاصل کر لی جائے۔ حالانکہ شاور کو مصر کی وزارتِ عظمیٰ کے مرتبے تک پہنچانے میں نور الدین زنگی کا بہت بڑا دخل تھا۔

شاور کی بے چین اور عیار طبیعت وزیر اعظم بن جانے کے بعد بھی مطمئن نہ ہوئی۔ کیونکہ اسے اچھی طرح معلوم تھا کہ قاہرہ کی محلسرائے خلافت سازشوں اور جوڑ توڑ کی آماجگاہ ہے۔ اور کسی بھی ذہین وزیر اعظم کے لئے ضروری تھا کہ وہ سراپردۂ خلافت کی ایک ایک حرکت اور ذرا ذرا سی جنبش سے باخبر اور آگاہ ہوتا

لیے۔ بہت زیادہ غور و فکر کے بعد آخر کار وہ اس نتیجے پر پہنچا کہ کسی طرح چند خوبصورت اور ذہین ترین کنیزیں گندم گوں نوجوان فاطمی خلیفہ العاضد کی خدمت میں بطور تحفہ بھیج دیا جائے اور ان کے ذریعہ محلسرا کی سازشوں اور منصوبوں کی نگرانی کی جائے۔ چنانچہ دس منتخب حسین ترین کنیزیں پچاس ہزار اشرفیوں کے ساتھ بطور نذرانہ العاضد کی خدمت میں روانہ کردی گئیں۔ ان میں یونانی حسن بھی تھا اور ایرانی بھی لیکن ان سب میں اسکندریہ کی نومسلم جیلیا بے مثل تھی۔ اٹھارہ سالہ شوخ و شریر اور ذہین ترین یہ لڑکی جب اپنے ریشمی جالی کے کرتے، کلابتوں کے کام کی صدری اور بڑے پائنچوں کے پاجامے میں ملبوس ایک انداز دلربا سے شاور کے سامنے لائی گئی تو تھوڑی دیر کے لئے شاور کے مکار دل میں ایک ہلچل سی مچ گئی اور یہ بڑھاپے کی حدود میں داخل ہو جانے والا ٹھنڈے دل و دماغ کا انسان بھی متاثر ہوئے بغیر نہ رہ سکا۔ اس نے کئی گھنٹے صرف یہ فیصلہ کرنے میں ضائع کر دیئے کہ جیلیا کو اپنے لئے مخصوص کرلے یا پھر منصوبے کے مطابق محلسرا میں پہنچا کر العاضد کی نگرانی کی جائے اور بالآخر دل کو شکست ہوئی اور دماغ کامیاب ہوا۔

شاور نے اپنا لرزتا ہوا ہاتھ جیلیا کے کاندھے پر رکھ دیا اور جذباتی لہجے میں کہنے لگا۔ "جیلیا! تیرا صحیح مقام قصرِ خلافت نہیں میرا گھر ہے۔ بخدا! میں تجھے پسند کرتا ہوں لیکن اپنے آپ کو اس پر مجبور پاتا ہوں کہ تجھے بیمار اور احمق العاضد کے حوالے کردوں، چند گھنٹوں بعد تو محلسرا خلافت میں ہوگی۔ لیکن وہاں پہنچنے سے پہلے تجھ کو یہ یاد رکھنا چاہیئے کہ تو میرے منصوبے کا ایک ضروری کردار ہے۔ جب تو اندر پہنچ جائے تو تیری پوری پوری یہ کوشش ہوگی کہ تو اپنے بے مثال حسن اور ناز و ادا سے العاضد کے دل کو فتح کرلے اور جب تو یہ کام کر چکے تو پھر تیرا دوسرا کام یہ ہوگا کہ محلسرا کے اندرونی واقعات کی تفصیلی روداد وقتاً فوقتاً مجھے بھیجتی رہے۔ محلسرا کا نگراں خواجہ سرا موتمن الدولہ اس کام میں تیرا مددگار اور ہمراز ہوگا۔"

جیلیا نے احتراماً سر جھکا دیا لیکن کنکھیوں سے مکار شاور کو دیکھتی رہی، آہستہ سے بولی "میں کوشش کروں گی کہ خلافت فاطمیہ کے روحِ رواں اور اصل حکمراں کو مایوسی کا شکار نہ ہونا پڑے۔"

اسی قسم کی باتیں بقیہ نو کنیزوں سے بھی کی گئی تھیں لیکن جیلیا کے سوا کنیزوں کو آخر میں یہ دھمکی بھی دی گئی تھی کہ اگر ان میں سے کسی نے بھی العاضد پر شاور کے منصوبے کا اظہار کر دیا تو اس کا انجام بہت بھیانک ہوگا۔

سائے کے پیروں تلے آنے میں ابھی دیر تھی کہ قصرِ خلافت کا حبشی النسل خواجہ سرا موتمن الدولہ العاضد کے نمائندے کی حیثیت سے شاور کے پاس پہنچ گیا۔ شاور نے دس کنیزیں اور پچاس ہزار اشرفیاں اس کے حوالے کر دیں۔ موتمن الدولہ کے ساتھی خواجہ سراؤں نے اشرفیوں کے خوان اپنے سروں پر رکھے ان کے

خوان پوش بھی بہت قیمتی تھے۔ ان ارغوانی کپڑوں کی زمین پر بناوٹ میں اونٹوں پر حملہ آور شیروں کی تصویریں بنائی گئی تھیں اور ان کے نیچے کڑھا ہوا تھا:۔

"بالآخر فاطمی شیر اپنے دشمنوں کو ان اونٹوں کی طرح ہلاک کر دے گا"۔

جب جلیا موتمن الدولہ کے ساتھ جانے ہی والی تھی کہ شاور کو اچانک العاضد کے خاص طبیب مشیر اور اتالیق تقی کا خیال آ گیا۔ اسے معلوم تھا کہ نوعمر فاطمی خلیفہ العاضد کے دل و دماغ پر اس پینسٹھ سالہ بوڑھے کی غیر معمولی گرفت ہے۔ اس نے جلیا کو سرگوشی میں سمجھایا

"اور ہاں دیکھنا میں تجھے یہ بتانا تو بھول ہی گیا کہ نادان العاضد پر اس کے طبیب اور اتالیق تقی کا غیر معمولی اثر ہے۔ تجھ کو اس سے بہت ہوشیار رہنا پڑے گا۔ اور ہاں یاد رکھ۔ تو میرا اعتماد ہے"۔

جلیا جواب میں اس طرح مسکرا دی جیسے کہہ رہی ہو۔ "او بوڑھے! میں تجھ سے زیادہ ہوشیار ہوں۔ اپنی آنکھیں بند کر اور سارے معاملات میری ذمہ داری پر چھوڑ دے۔ جیسا مناسب سمجھوں گی، کروں گی"۔

شاور نے اپنا نذرانہ قصر خلافت تک پہنچایا اور خود ایک دوسرے دروازے سے بہ نفس نفیس العاضد کی خدمت میں روانہ ہو گیا۔

نوعمر العاضد جس تخت پر دراز تھا اس کے آس پاس حسین اور نوخیز کنیزیں ہلکے سروں والے آلات موسیقی سے اس کا دل بہلا رہی تھیں، آخری فاطمی حکمران کی مسیں بھیگ رہی تھیں۔ اس کے گندمی رنگ پر مستقل علالت نے زردی کی ہلکی سی تہہ جما دی تھی۔ قصر کی دیواریں مشجر پردوں میں گم ہو گئی تھیں۔ ان پردوں پر مختلف جانوروں اور پرندوں کی تصویریں زردوزی سے بنائی گئی تھیں، کھڑکیوں اور دروازوں پر خس کے دبیز پردے لٹکے ہوئے تھے۔ ان پردوں کے پیچھے پانی کا چھڑکاؤ کرنے والے خدام نہایت مستعدی سے اپنی خدمت انجام دے رہے تھے جب باہر کی گرم ہوائیں ان نمیدہ پردوں سے ٹکراتیں تو کمرے کی فضا نہایت لطیف خنکی میں ڈوب جاتی۔ پردوں کا پانی ابھی ٹھیک سے خشک بھی نہ ہونے پاتا کہ ان پر پانی کا چھڑکاؤ شروع ہو جاتا۔

کمزور العاضد کی نظریں نوجوانی کی آرزوؤں اور خواہشوں سے لبریز ان فتنہ سامان اور ہوش ربا گانے والیوں کے گداز اور معصیت ترغیب جسموں پر پڑتیں اور جم کر رہ جاتیں۔ اس کے دل میں ایک طوفان اٹھ کھڑا ہوتا اور عین اس وقت جبکہ اس کی طبیعت کسی عملی اقدام پر مائل ہوتی۔ اس کے کانوں میں طبیب تقی کی آواز گونجنے لگتی۔ "شہزادے! تم اپنے لئے نہیں فاطمی خلافت کی بقا کے لئے زندہ رہو اور اس

زندگی کے لئے ضروری ہے کہ تم ان دلفریب لیکن تباہ کن پری پیکروں سے خود کو محفوظ رکھو۔"

وہ دل مسوس کر رہ جاتا۔ ان میں کتنی ہی ایسی تھیں جو العاضد پر نہایت ہنرمندی سے کمندیں پھینکتیں لیکن العاضد ان کے پھندے میں نہ آتا۔ اسی ہالہ نما کمرے اور حسن اور شباب سے آراستہ تخلیے میں جب اس کو یہ خبر ملی کہ شاور کے نذرانے میں پچاس ہزار اشرفیوں کے علاوہ دس نہایت حسین و جمیل کنیزیں بھی آرہی ہیں تو وہ کسی قدر پریشان ہو گیا لیکن اس کے باوجود اس نے اشرفیوں کو خلافت کے خزانۂ عامرہ میں اور کنیزوں کو اپنی خلوت گاہ میں لائے جانے کے احکام صادر کر دیئے۔ العاضد کو کسی کنیز نے پہلے ہی سے یہ بھی بتلا دیا تھا کہ ان نوواردوں میں جلیلیا نامی قتالۂ عالم بھی ہے۔ اور اس نے دبی زبان میں شوخی سے یہ کہنے کی جسارت بھی کی تھی کہ "اب دیکھوں گی کہ امیر المومنین کس طرح شکار ہونے سے محفوظ رہتے ہیں۔"

موتمن الدولہ ان کنیزوں کو العاضد کی خلوت گاہ میں چھوڑ کر الٹے پاؤں واپس چلا گیا، ان کنیزوں نے العاضد کے روبرو ضرورت سے زیادہ جھک کر سلام کیا اور وہ اس وقت تک برابر جھکی رہیں جب تک العاضد نے انہیں سیدھے ہو جانے کا حکم دے دیا۔ العاضد کی نظروں نے جلیلیا کو پہلی نظر میں پہچان لیا۔ اس کے جھکنے سے اس کا شباب اُبلا پڑ رہا تھا۔ جلیلیا کے ہونٹوں پر مسکراہٹ اتنی خفیف تھی کہ اسے نوجوان لیکن تشنہ نظریں ہی محسوس کر سکتی تھیں۔

العاضد اٹھ کر بیٹھ گیا۔ اور گاؤ تکیے سے لگ کر ابھی کچھ کہنے ہی والا تھا کہ اطلاع ملی، امیر المومنین کا اتالیق، طبیب اور مشیر پینسٹھ سالہ بوڑھا تقی فوری ملاقات کا متمنی ہے۔ العاضد نے بجبر و کراہ اسے بلا لیا۔ تھوڑی ہی دیر بعد ایک دُبلا پتلا الجھی داڑھی والا بوڑھا اندر داخل ہو گیا۔ اس کا رنگ سیاہی مائل گندمی تھا۔ چہرے سے بلا کی ذکاوت اور ذہانت ٹپکتی تھی۔ العاضد نے اپنے پھیلاتے ہوئے پیر احتراماً سکیڑ لئے اور مودب ہو گیا

بوڑھے تقی نے ایک سرسری نظر سے ماحول کا جائزہ لیا لیکن جب جلیلیا پر نظر پڑی تو کچھ پریشان ہو گیا پھر کچھ تامل کے بعد العاضد کو مخاطب کیا "شہزادے! اس وقت میں نہ تو تیرا مشیر ہوں اور نہ اتالیق اس وقت میں صرف تیرا طبیب ہوں اور یہ کہنے آیا ہوں کہ تجھے ایسے عطیات اور نذرانے ہرگز قبول نہ کرنے چاہئیں۔ جن سے فاطمی خلافت کے ستون کو دیمک چاٹ جائے، شہزادے! تو فاطمی خلافت کا آخری چراغ ہے۔ جسے بیماریوں کے تند و تیز جھونکے جھلملائے دے رہے ہیں۔ عباسی خلافت جو تیری سب سے بڑی حریف اور رقیب ہے۔ اس چراغ کے بجھ جانے کی منتظر ہے۔ اسکندریہ کی راہ سے داخل ہونے والی مسیحی توتیں الگ کسی بُری گھڑی کا انتظار کر رہی ہیں۔"

العاضد نے دزدیدہ نظروں سے تقی کو دیکھا اور گردن جھکائی "اور رقص اور موسیقی کی بابت کیا ارشاد ہوتا ہے؟"

بوڑھے تقی نے دلیری سے جواب دیا۔ "رقص اور موسیقی روح کی غذا ہیں لیکن یہ دونوں گناہ کے سفیر بھی ہیں۔" کنیزیں تقی کی باتوں سے اندر ہی اندر کھول رہی تھیں اور جیلیا کا تو مارے غصے کے بہت برا حال تھا۔ اس کا جی چاہتا تھا کہ اسی وقت اس بوڑھے کا گلا گھونٹ کر ہلاک کر دے۔ اس کو اپنی ذات اور حسن پر اتنا اعتماد تھا کہ اگر یہ خبطی بوڑھا درمیان میں حائل نہ ہو تو وہ العاضد کو بڑی آسانی سے اپنا شکار بنا سکتی ہے۔ اور نہایت اطمینان سے قصر خلافت پر قبضہ کر سکتی ہے۔ اس کو العاضد پر بھی غصہ آ رہا تھا کہ یہ کیسا نوجوان ہے جو ایک ٹھنڈے مزاج بوڑھے کی نصیحتوں کو اتنے انہماک اور سعادت مندی سے سن رہا ہے۔ اس نے غیر معمولی جرأت کا مظاہرہ کیا۔ العاضد کو ایسی نظروں سے دیکھا جن میں ایک سوال تھا۔ اجازت طلبی تھی۔ کچھ کہنے کی خواہش کا اظہار تھا۔

العاضد نے دریافت کیا۔ "کیا تو کچھ کہنا چاہتی ہے؟"

جیلیا نے جواب دیا۔ "ہاں، لیکن امیر المومنین سے نہیں، امیر المومنین کی جاں بخشی اور اجازت کے بعد اس بوڑھے کی لن ترانیوں کا جواب ضرور دینا چاہتی ہوں۔"

بوڑھا تقی جیلیا کی طرف گھوم گیا۔ العاضد نے آنکھ کے اشارے سے جیلیا کو بولنے کی اجازت دے دی۔ اس نے بوڑھے تقی سے دریافت کیا۔ "کیا تو یہ بتا سکتا ہے کہ اپنی عمر کے کس دور سے تو نے اپنی یہ بزرگانہ وضع قطع اختیار کر رکھی ہے؟"

تقی نے درشت لہجے میں جواب دیا۔ "تیرے اس سوال کا مقصد؟"

"مقصد میں بعد میں بتاؤں گی۔" جیلیا نے جواب دیا۔

العاضد نے جیلیا کو جھڑک دیا۔ "اے لڑکی! یہ شخص میرا استاد ہے اس سے ادب و احترام سے بات کر، کیا تو نے اس پر غور نہیں کیا کہ میں نے اس کے آتے ہی اپنے دونوں پیر سمیٹ لئے تھے!"

جیلیا نے آزردگی سے جواب دیا۔ "بجا ارشاد امیر المومنین! لیکن اس بوڑھے کو بھی ہماری اس طرح اہانت نہیں کرنی چاہئے۔ اسے جو کچھ سمجھانا ہے امیر المومنین کو تخلیے میں سمجھائے۔ میں اپنی بے عزتی نہیں برداشت کر سکتی۔"

العاضد کا جیلیا کی جرأت اور بے باکی نے دل موہ لیا اور وہ جیلیا کی اداؤں اس کی تمکنت اور اس کے پر وقار انداز سے بہت متاثر ہوا۔ اسے دیکھ کر العاضد کی آنکھوں میں چمک آگئی، ایسی چمک جس میں جیلیا کے لئے

اشتیاق ہی اشتیاق تھا۔ ایسا معلوم ہوتا تھا کہ اس نے دل میں یہ فیصلہ کر لیا ہے کہ کچھ بھی ہو وہ جیلیا کے معاملے میں بوڑھے اتالیق کی ایک بات بھی نہ مانے گا لیکن سر دست یہ طے کیا کہ جیلیا کی ذات سے اپنے انس اور لگاؤ کو راز ہی میں رکھا جائے۔

دوسری طرف جیلیا کا یہ عالم تھا کہ اس کی مخمور آنکھوں میں بوڑھے کے لئے شدید نفرت موجود تھی۔ اس نے بوڑھے کو اشتعال کی نظروں سے دیکھا جیسے وہ کہنا چاہتی ہو۔ "بوڑھے تو نے مجھے نہیں دیکھا مجھے سرکشوں کو شرمندہ کرنا آتا ہے۔"

العاضد کی کئی راتیں اس کشمکش میں گزر گئیں کہ وہ جیلیا کو تخلیئے میں بلائے یا نہ بلائے۔ پہلے تو اس نے یہ سوچا تھا کہ وہ اپنے بوڑھے اتالیق اور طبیب تقی کو لاعلم رکھ کر جیلیا کی زلفوں کے سائے میں کچھ وقت گزار لیا کرے گا لیکن بعد میں اس کے ضمیر نے سخت ملامت کی کہ تو فاطمہؓ سے نسبی تعلق رکھتا ہے۔ ایک فاطمی کو یہ نہیں کرنا چاہیئے۔ اور ایسی حالت میں جبکہ اس کی زندگی پر موت سایہ فگن تھی اور کچھ پتا نہ تھا کہ کب کیا ہو جائے نامۂ اعمال گناہوں سے پاک رہے۔ ان حالات اور اس کشمکش میں وہ جیلیا کو اپنی خلوت گاہ میں بلانے کی ہمت نہ کر سکا۔ دوسری طرف جیلیا کو یہ یقین تھا کہ العاضد اس کا شکار ہو چکا ہے اور کسی بھی لمحے اس کا بلاوا آنے ہی والا ہے لیکن جب کئی دن گزر گئے اور العاضد کی خاموشی برقرار رہی تو وہ ذرا بے چین ہو گئی۔ اسی عالم میں اسے موتمن الدولہ کے ذریعے شاور کا ایک مختصر پیغام ملا۔ یہ قرطاس کا ایک چھوٹا سا پرزہ تھا جس پر تحریر تھا۔

"امیر المومنین العاضد خلافت عباسیہ کے بارے میں آج کل کیا رائے رکھتے ہیں اور آج کل ان کے مزاج میں کون لوگ زیادہ دخیل ہیں؟"

جیلیا نے جواب میں لکھ دیا۔ "ابھی میں امیر المومنین العاضد سے دور ہوں۔ یہاں بوڑھے اتالیق تقی کی حکومت ہے جوانی بڑھاپے کے زیر اثر ہے۔ وہ بوڑھا بڑا سرکش ہے۔"

لیکن عجیب اتفاق کی بات تھی کہ اس کے فوراً بعد العاضد نے جیلیا کو بلا لیا۔ جیلیا نے جانے میں تامل اختیار کیا۔ اور ایسے زیورات اور لباس زیب تن کئے جو العاضد کے بیمار اور نصیحت زدہ دل کو ایک ہی وار میں بے کار کر دیں۔ وہ اپنے حسن کی تمام حشر سامانیوں کے ساتھ وہاں پہنچی۔

العاضد اسے دیکھتے ہی کھڑا ہو گیا۔ محل کی فضا نغموں اور ساز کی سریلی آوازوں سے گونج رہی تھی۔ العاضد نے تین کنیزوں کے سوا سب کو رخصت کر دیا۔ یہ تینوں کنیزیں راگ اور موسیقی میں بے مثل تھیں۔ العاضد کے کھڑے ہوتے ہی سازوں کی آواز تیز ہو گئی۔ العاضد دو قدم آگے بڑھا اور فرط محبت میں جیلیا کے ہاتھ پکڑنے چاہے لیکن جیلیا اس سے پہلے ہی العاضد کے احترام میں کچھ خم ہو چکی تھی۔

العاضد نے لرزتے ہاتھ سے جیلیا کی زلفیں چھو لیں اور آہستہ سے بولا۔ "تجھے آئندہ خلافت کے احترام سے مستثنیٰ قرار دیا جاتا ہے!"

جیلیا سیدھی ہو گئی اور شرمائی شرمائی لیکن شوخ اور متبسم نظروں سے العاضد کو دیکھا اور نگاہیں ہٹا لیں۔

العاضد نے ہمت کر کے اس کا بایاں ہاتھ بھی پکڑ لیا اور اپنے مرصع تخت کی طرف لے جاتا ہوا بولا۔

"اے شوخ و شریر لڑکی! تو مجھے کیا سمجھتی ہے؟"

جیلیا نے زنانہ عاجزی سے جواب دیا۔ "میں جو کچھ سمجھتی ہوں اس کے اظہار کے لئے میرے پاس الفاظ نہیں ہیں!"

العاضد نے اسے اپنے قریب بٹھا لیا اور ایک نیا سوال کر دیا۔ "تیرا کیا خیال ہے؟ کیا تجھے اس بات کا یقین ہے کہ میں تجھ سے محبت کرنے لگا ہوں؟"

"نہیں میں ایسا نہیں سوچ سکتی!" جیلیا نے جواب دیا۔ "لیکن یہ خیال البتہ ہے کہ امیر المومنین اس کنیز پر خصوصی توجہ دیتے ہیں اور یہی میرے لئے باعث فخر ہے۔"

العاضد کی آواز اچانک تیز ہو گئی اور وہ پُر وقار لہجے میں بولا۔ "لڑکی! میں فاطمہؓ کی نسل سے تعلق رکھتا ہوں۔ میں بدعہدی یا دھوکہ دہی سے کام نہیں لے سکتا اور آج میری یہ بات غیر مبہم اور واضح آواز میں سن لے کہ میں تجھ سے محبت نہیں کر سکتا۔ میں اپنے اتالیق اور طبیب تقی کے زیر اثر ہوں۔ میں نے اس سے یہ وعدہ کر لیا ہے کہ میں کسی لڑکی سے عشق نہ کروں گا۔ اس وعدے کو انشاء اللہ تا زیست نبا ہوں گا۔ ہر چند کہ تیرا یہ گداز اور ریشمی جسم میرے وعدے کو متزلزل کرتا رہے گا۔"

جیلیا کی امیدوں پر بجلی گر گئی وہ العاضد کو کوئی بھڑکتا یا چبھتا ہوا جواب دے سکتی تھی لیکن وہ سر دست ایسا نہ کر سکتی تھی۔ وہ کسی موقعے کی منتظر تھی۔

العاضد نے ذرا صاف گوئی اور راست بیانی سے کام لیا۔ آہستہ سے کہا۔ "لیکن مجھے جھوٹ نہیں بولنا چاہیئے مجھے حقیقتاً تجھ سے محبت ہو گئی ہے اور میں تجھے چاہتا ہوں لیکن تجھے اس کا پتا تک نہ ہوگا۔"

جیلیا پھر خوش ہو گئی۔ اس کے انگ انگ میں خوشی اور کیف کی لہریں دوڑنے لگیں لیکن یہ خوشی اور یہ کیف عارضی ثابت ہوا۔ العاضد نے جیلیا کو تنبیہہ کی۔ "لیکن میں اپنے بوڑھے اتالیق اور طبیب کی ہدایات اور مشوروں کے خلاف بھی نہیں چل سکتا۔ اس کا احترام کرتا ہوں اور تجھے بھی اس کا احترام کرنا چاہیئے۔"

یہ کہتے کہتے العاضد نے افسردگی سے گردن جھکالی۔ لیکن جیلیا کے سینے میں تقی کے خلاف

آگ لگ گئی۔ اسے یہ ملال کم تھا کہ العاضد اس سے محبت نہیں کر سکتا۔ اس کو غصہ تو اس پر آرہا تھا کہ بوڑھا تقی درمیان میں رکاوٹ بن رہا ہے۔ وہ اپنی تذلیل اور اہانت کا انتقام لینا چاہتی تھی۔ تاہم اپنے دلی جذبات کا اظہار چہرے سے نہیں ہونے دیا۔ تبسم بکھیرتی ہوئی بولی "میں امیر المومنین کے اتالیق کی تعظیم اور احترام کی بہرحال پابند ہوں۔"

العاضد نے جیلیا کو شانے سے لگالیا اور اس کی زلفوں پر اپنے چہرے کو رکھ دیا۔ سازوں کی آواز تیز ہونے لگی۔ انہی آوازوں میں جیلیا کی سسکیوں کی آواز ابھری۔ وہ رو رہی تھی۔ العاضد نے بے چینی سے اپنا چہرہ اٹھا لیا اور ٹھوڑی کو انگلیوں سے اٹھا کر دیکھا تو دونوں رخسار آنسوؤں سے تر تھے۔

"تو کیوں رو رہی ہے؟" العاضد نے بے چینی سے دریافت کیا۔

جیلیا نے کوئی جواب نہ دیا۔ سسکیوں میں اور زیادہ شدت پیدا ہو گئی۔

"تو بولتی کیوں نہیں؟" العاضد نے اس کے آنسوؤں کو پونچھتے ہوئے کہا۔ "میری کس بات نے تجھ کو آنسو بہانے پر مجبور کر دیا ہے؟ کچھ بتلا تو سہی!"

جیلیا نے رندھی ہوئی آواز میں کہا۔ "امیر المومنین کو غالباً اس بات کا علم ہوگا کہ میں اسکندریہ کے ایک غریب اور گمنام خاندان سے تعلق رکھتی ہوں۔"

"ہاں مجھے تیری بابت بھی کچھ بتایا گیا ہے!" العاضد نے رحم آمیز نظروں سے دیکھتے ہوئے کہا۔

"اور یہ بھی معلوم ہوا ہے کہ تو نامری ہے۔ تیرے آبا و اجداد نصاریٰ تھے۔"

جیلیا نے بدستور رقت آمیز لہجے میں کہا۔ "امیر المومنین کی اطلاعات حرف بحرف درست ہیں۔ میں چاہتی ہوں کہ امیر المومنین مجھے اسکندریہ واپس جانے کی اجازت مرحمت فرما دیں۔"

العاضد نے اس کے رخساروں سے ہاتھ ہٹالیا۔ "کیوں؟ کیا اس حسین دلکش اور وسیع قصر کی روح پرور فضائیں تجھے پسند نہیں آئیں؟"

جیلیا نے آزردگی سے جواب دیا۔ "نہیں یہ بات نہیں ہے امیر المومنین! مجھ جیسی غریب اور آوارہ وطن لڑکی اس حسین اور جنت نشان قصر کا کبھی تصور تک نہ کر سکتی تھی۔ لیکن مجھے اپنی قسمت پر کبھی تو ہنسی آتی ہے اور کبھی رونا کہ اس نے مشرق کے ایک عظیم تاجدار کے دل کو مسخر تو کر لیا لیکن یہ میری بدنصیبی کہ یہ تاجدار اپنے نوجوان دل سے زیادہ اپنے بوڑھے اتالیق کی مرضی کا تابع ہے۔ ان حالات میں قصر خلافت کی ہر حسین شے میرے لئے اپنی دلکشی کھو چکی ہے۔ یہ جگہ میرے لئے جہنم بن گئی ہے اور میں سمجھتی ہوں کہ دنیا کا کوئی شخص بھی جہنم میں اپنی خوشی اور مرضی سے رہنا کبھی بھی پسند نہ کرے گا؟

العاضد کے پائے استقامت میں لرزش پیدا ہوگئی۔ جیلیا کے مقابلے میں اتالیق تقی فضول گو ناصح درچرب زبان واعظ نظر آنے لگا۔ اس نے فرطِ محبت میں جیلیا کی زلفوں کا بوسہ لے لیا اور سرگوشی میں کہا۔ "تجھے اسکندریہ واپس جانے کی ضرورت نہیں، تو یہیں رہ اسی قصرِ خلافت میں، وقت کی منتظر رہ ممکن ہے یہ جہنم جنت میں تبدیل ہو جائے۔"

جیلیا کے چہرے پر شادابی آگئی، العاضد مفتوح ہو رہا تھا۔

"اچھا!" العاضد کھڑا ہوتا ہوا بولا۔ "میں نے جو ارادہ کیا تھا اور تجھ سے جو کہنا چاہتا تھا وہ میں نہیں کہہ سکا۔ اور اگر تیری شیریں بیانی کا یہی عالم رہا تو شاید میں کبھی بھی تجھ سے وہ باتیں نہ کر سکوں گا۔ مجھے ایسا محسوس ہوتا ہے کہ تو میرے لائق صد احترام اتالیق کو شکست دینے پر تل گئی ہے خیر مجھے کچھ سوچنے کا موقع دے۔"

شادر کو جیلیا کی طرف سے چند سطری خفیہ پیغام پہنچ گیا۔ "مزاجِ خلافت میں حسب خواہش تبدیلی آچکی ہے۔ اُمید ہے کہ دوسرے وار میں رہی سہی کسر بھی پوری ہو جائے گی۔"

دو دن اور تین راتیں گزر گئیں لیکن العاضد نے جیلیا کو نہیں بلایا۔ اُسے شبہ گزرا کہ کہیں متلون مزاج اور ناپختہ کار العاضد بوڑھے اتالیق کے وعظ و نصائح کا پھر شکار تو نہیں ہو گیا۔ لیکن رات کے پچھلے پہر کسی نے اس کے در پر دستک دی۔ اس کی آنکھ کھل گئی۔ اسے خواب کا شبہ گزرا لیکن اسی لمحے پھر دستک کی آواز سنائی دی۔ وہ آہستہ آہستہ پنجوں کے بل دروازے کی طرف بڑھی اسے یقین تھا کہ یہ ضرور کوئی خواجہ سرا ہے جو رات کی تاریکی اور سناٹے میں شادر کا کوئی خفیہ پیغام لے کر آیا ہے۔

دروازے کے قریب پہنچ کر اس نے آہستہ سے پوچھا۔ "کون؟"

دوسری طرف سے ایک شناسا آواز سنائی دی۔ "میں ہوں دروازہ کھولو۔"

یہ العاضد کی آواز تھی جس میں ارتعاش بھی تھا اور محبت کی بے تکلفی بھی۔ جیلیا کو ایک نئی بات سوجھی ایک نئی تجویز۔ ایک نئی ترکیب جس کے نتائج بڑے دور رس نکلے۔ وہ یکدم مغموم اور اداس ہو گئی چہرے پر ایسے تاثرات پیدا کر لئے جو کسی شدید بیماری کا نتیجہ ہوتے ہیں۔ اس نے چپکے سے دروازہ کھول دیا۔ العاضد اندر داخل ہو گیا اور دروازہ پھر بند ہو گیا۔

العاضد نے اس کا ہاتھ اپنے ہاتھ میں لے لیا اور بوسہ دیتا ہوا بولا۔ "قبل اس کے کہ تو اس وقت میرے چوروں کی طرح آنے کا سبب معلوم کرے میں خود ہی سب کچھ بتا دوں گا۔"

جیلیا نے کسی اندرونی کرب کا تاثر کراہتے ہوئے لہجے سے ظاہر کیا۔ "امیر المومنین تشریف رکھیں۔

مجھے اپنی آنکھوں پر یقین نہیں آرہا، یہ خواب ہے یا حقیقت؟"

العاضد جیلیا کے ساتھ اس کی مسہری پر بیٹھ گیا۔ اس نے جیلیا کو غائر نظروں سے دیکھا۔ "بوڑھے تقی کی نصیحتیں تو اب نقطۂ عروج کو پہنچ چکی ہیں۔ ایسا معلوم ہوتا ہے کہ اس کو تجھ سے غیر معمولی کدورت ہو گئی ہے۔ وہ دن سے برابر یہی سمجھا رہا ہے کہ امیر المومنین ابھی نوجوان ہیں۔ خلافت کا بوجھ اتنا بھاری ہے کہ اس میں تیری جیسی ہوش رُبا دوشیزاؤں کا دُور رہنا بہت ضروری ہے۔ وہ یہ بھی کہتا ہے کہ خلافت کی ذمہ داریوں کے علاوہ میری مستقل علالت بھی تیری متحمل نہیں ہو سکتی۔"

وہ اچانک چپ ہو گیا اور جیلیا کی گردن کے پیچھے ہاتھ رکھ کر چہرہ اپنے منہ کی طرف کر لیا۔ "مجھے اس بوڑھے سے نفرت سی ہو چکی ہے لیکن پھر بھی وہ میرا اتالیق اور طبیب ہے۔ اس کے مشورے نہایت قیمتی ہوتے ہیں مگر تیری بابت اس کے مشورے ایک بوڑھے اور مایوس دل کے حسد کے سوا اور کچھ نہیں ہو سکتے۔"

جیلیا نے کراہتے ہوئے کہا۔ "لائق صد احترام اتالیق کی بابت میں کیا کہہ سکتی ہوں!"

العاضد نے پریشان ہو کر پوچھا۔ "کیا بات ہے؟ تو کراہ کیوں رہی ہے؟"

جیلیا نے مجبوروں کی طرح عرض کیا۔ "میں دو دن سے بیمار ہوں!"

"لیکن تو نے مجھے مطلع کیوں نہیں کیا؟" العاضد نے بے قراری سے کہا۔

جیلیا نے جواب دیا۔ "اس دوران مجھے امیر المومنین کی خدمت میں باریابی کا موقع ہی کہاں ملا؟"

العاضد نے اس کی پیشانی کا بوسہ لے لیا۔ "اس کے باوجود تو مجھے مطلع کر سکتی تھی؟"

جیلیا سمٹ گئی اور شرم و حیا کی تصویر بن کر عرض کیا۔ "لیکن کسی کے ذریعے اپنی علالت کی اطلاع دینے میں مجھے اپنی کمتر حیثیت کا احساس اور امیر المومنین کی عظمت اور برتری کا پاس مانع رہا۔ میں اپنا حال زبانی ہی عرض کرنا چاہتی تھی۔"

العاضد نے کہا۔ "اگر تو کہے تو میں اسی وقت تقی کو طلب کر سکتا ہوں!"

جیلیا نے جواب دیا۔ "نہیں میں ایسا نہیں چاہتی۔ لیکن اگر یہاں سے جانے کے بعد صبح تک امیر المومنین کو اس کنیز کی علالت اور تکلیف کا خیال رہے تو طبیب کو ضرور بھیج دیں لیکن میں اپنا علاج آپ کے بوڑھے طبیب ہی سے کرانا چاہتی ہوں۔"

العاضد نے کہا۔ "بوڑھا تقی صبح تیرے پاس آجائے گا تو مطمئن رہ۔"

جیلیا اپنے مقصد اور اداکاری میں کامیاب ہو چکی تھی۔ اب اس نے گفتگو کا موضوع ہی بدل دیا۔

کہنے لگی۔

"امیر المومنین اس ناخوشگوار موضوع سے گریز فرمائیں، میں وہی سب کچھ سننا چاہتی ہوں جس کا امیر المومنین ابھی اظہار فرما رہے تھے۔"

العاضد نے محبت سے اس کے سر کو ہلا دیا "شریر لڑکی۔ میں تجھے آداب خلافت سے پہلے ہی مستثنیٰ قرار دے چکا ہوں۔ یہ تو بار بار امیر المومنین امیر المومنین کی رٹ کیوں لگائے ہوئے ہے۔"

جیلیا نے آنکھیں بند کر لیں قدرے بے تکلفی سے بولی "میں فوراً امیر المومنین کے ارشاد پر عمل نہیں کر سکتی۔" العاضد کے دل میں بہت ارمان تھے۔ خواہشیں تھیں کہ جملہ بندشیں توڑ کر آزادی کی طالب تھیں، دل تھا کہ جنون کا متقاضی تھا۔ نفس تھا کہ آزادی اور بے راہ روی چاہتا تھا لیکن ان سب کو ایک ہی احساس نے مغلوب کر لیا تھا۔ "وہ فاطمہؓ کی نسل سے تعلق رکھتا تھا۔" اور نسب نامے کی عظمت نے ان وسوسات شیطانیہ کو شکست دے دی۔ العاضد جیلیا کو چھوڑ کر اچانک کھڑا ہو گیا۔ بالکل اس طرح جیسے بچھو نے ڈنک مار دیا ہو۔

جیلیا اس اچانک تبدیلی پر حیران رہ گئی۔ وہ سمجھی شاید بوڑھے اتالیق کی نصیحتوں کے سانپ بچھو العاضد کی بے باکیوں اور جراٰت مندیوں کو اب بھی ڈس رہے ہیں، وہ بے بس سوالیہ لیکن ترغیب آمیز نظروں سے العاضد کو دیکھنے لگی۔

العاضد نے شکست خوردہ آدمی کی طرح جیلیا کو دیکھا اور گھٹے گھٹے لہجے میں بولا "جیلیا! میں فاطمیؓ ہوں۔ میرے نسب نامے کی برتری میرے حساس دل کے لئے سوہان روح بن گئی ہے۔ میرے آبا و اجداد مجھ سے زیادہ با اختیار تھے۔ انہیں اختیارات بھی ملے تھے اور قدرت کی طرف سے صحت و توانائی بھی، لیکن میں ان دونوں نعمتوں سے محروم ہوں، ______________ مجھے خلافت ملی ہے لیکن اس خلافت پر میرا کوئی اختیار نہیں، اس پر میرے عیار اور شاطر وزیر شاور کا قبضہ ہے۔ وہ جو چاہتا ہے کر گزرتا ہے۔ میں جو چاہتا ہوں نہیں کر سکتا اور جیلیا حد تو یہ ہے کہ اس کی سازشوں کا جال قصر خلافت کی پر پیچ راہوں تک میں بچھ چکا ہے۔ میرے گرد و پیش جو لوگ ہیں مجھے نہیں معلوم کہ ان میں سے کتنے شاور کے جاسوس ہیں اور کتنے میرے مخلص ہیں، حد تو یہ ہے کہ شاور نے محلسرا کے بعض خواجہ سراؤں تک کو خرید لیا ہے۔"

جیلیا کے پیروں تلے کی زمین نکل گئی اسے یقین ہو گیا کہ العاضد نے اسے پہچان لیا ہے اور یہ اشارے استعاروں میں مرکزی کردار اسی کی ذات ہے لیکن اس نے اپنی اندرونی دہشت اور سراسیمگی کا اظہار چہرے سے نہیں ہونے دیا بلکہ یہ سب کچھ اس طرح سنا جیسے کوئی عجیب و غریب انکشاف ہو رہا ہو۔

العاضد کہتا رہا۔ "میں بوڑھے تقی کی اسی لئے بے حد عزت کرتا ہوں کہ وہ مخلص اور میرا ہمدرد ہے میں آج کل بہت پریشان ہوں، کچھ ایسے ملکی مسائل درپیش ہیں کہ میں کسی نتیجے پر پہنچنے سے قاصر ہوں، تقی جو مشورے دیتا ہے وہ حد درجہ مخلصانہ اور صائب معلوم ہوتے ہیں لیکن پھر بھی مجھے کچھ اور مشیر درکار ہیں!
پھر اچانک سوال کیا۔ "کیا ملکی امور سے تجھے بھی کبھی دلچسپی رہی ہے؟"
جیلیا نے جواب دیا۔ "مجھے دلچسپی تو دنیا کے ہر معاملے میں محسوس ہوتی ہے۔ یہ الگ بات ہے کہ میں کسی معاملے میں کتنا درک اور شعور رکھتی ہوں اس کا مجھے کوئی اندازہ نہیں۔"
العاضد نے کہا۔ "اچھا تیرے درک اور شعور کا ابھی اندازہ ہوا جاتا ہے۔ میں درپیش مسئلہ تیرے سامنے رکھتا ہوں۔ بتا کہ اب مجھے کیا کرنا چاہیئے؟"
جیلیا اس کی صورت دیکھنے لگی۔ العاضد نے مسئلے کی تفصیلات اس کے سامنے رکھ دیں۔
"کچھ عرصہ پہلے میں نے حملہ آور مسیحی افواج کے مقابلے میں بغداد کی عباسی خلافت سے مدد مانگی تھی، عباسی خلافت شاور کے حیلہ و مکر سے بہت دل برداشتہ تھی۔ بہرحال اس نے اپنی امداد و اعانت کے لئے جو شرطیں پیش کی تھیں ان میں دو شرطیں بہت سخت تھیں۔ ایک تو یہ کہ فاطمی خلافت کا ایک تہائی حصّہ عباسی خلافت کی تحویل میں دے دیا جائے۔ دوسری یہ کہ فاطمی افواج عباسی افواج کے سپہ سالار اسدالدین شیرکوہ کی ماتحتی میں دے دی جائیں گی۔ اور ہماری چھاؤنیوں پر عباسی جنرل کا قبضہ رہے گا۔ اسدالدین شیرکوہ اپنی افواج کے ساتھ یہاں آچکا ہے اور اس نے قاہرہ کو محاصرے میں لینے والی مسیحی افواج کو فرار ہو جانے پر مجبور کر دیا ہے۔ اب معاہدے کی جملہ شرائط پر عمل درآمد کا وقت آچکا ہے اور میری سمجھ میں نہیں آتا کہ مجھے کون سی راہ اختیار کرنی چاہیئے۔"
جیلیا نے پوچھا۔ "امیر المومنین کے اتالیق کی کیا رائے ہے؟"
العاضد نے جواب دیا۔ "معاہدے کی شرائط کو دیانت داری سے پورا کر دینا چاہیئے۔"
"اور امیر المومنین کے وزیر شاور کی کیا رائے ہے؟" جیلیا نے پوچھا۔
العاضد نے بیزاری سے کہا۔ "وہ کہتا ہے کہ فی الحال ٹال مٹول سے کام لیا جائے اور اس معاملے کو اتنا طول دیا جائے کہ یا تو کسی سازش کے ذریعے اسدالدین شیرکوہ کو ہلاک کر دیا جائے یا پھر مسیحی حکومتوں سے سازباز کر کے ان کی افواج کی مدد سے اسدالدین شیرکوہ کو جبراً قاہرہ سے نکال دیا جائے۔"
جیلیا خوش تھی کہ بڑے کام کی باتیں اس کے علم میں آرہی تھیں۔
اس نے دریافت کیا۔ "اور خود امیر المومنین کی کیا رائے ہے؟"

العاضد نے کہا۔"میں فاطمی ہوں مجھے معاہدہ شکنی نہیں کرنی چاہیے۔"

جیلیا نے جواب دیا۔"امیر المومنین کا منصب یہی کہتا ہے کہ معاہدہ شکنی نہیں ہونی چاہیے۔"

العاضد خوش ہوگیا۔"تو صحیح کہتی ہے۔ تیرے دل میں ایمان کی روشنی اور حق و راستی موجود ہے لیکن مکار شاور کی شرارتوں کا کیا کیا جائے۔"

جیلیا نے کہا۔"اس کے لئے امیر المومنین بھی غور فرمائیں۔ میں بھی سوچوں گی اور اتالیق تقی کو بھی غور کرنا چاہیے۔"

العاضد واپس جاتا ہوا بولا۔"میں تیرے پاس سے اطمینان لے کر جا رہا ہوں۔ تو عقل صائب رکھتی ہے میرا بوجھ ہلکا ہو چکا ہے۔ صبح تیرے علاج کے لئے بوڑھا طبیب آجائے گا۔"

العاضد کے چلے جانے کے بعد وہ کسی اور فکر میں ڈوب گئی۔ اس کی دور رس نظریں صاف دیکھ رہی تھیں کہ شاور کی مکاریاں زیادہ دن نہیں چلیں گی۔ وہ وزیر ہے اور ایک ایسا وزیر جس کو نہ تو العاضد پسند کرتا ہے اور نہ عباسی خلافت کا جنرل اسدالدین شیر کوہ جیلیا کے اندازے کے مطابق شاور کو یا تو قتل ہو جانا چاہیے یا پھر اپنے عہدے سے معزول ہو جانا چاہیے۔ اس نے سوچا ایسے ناقابل اعتبار شخص کے لیے خطرناک خدمات انجام دینا عقلمندی نہیں ہے، دوسری طرف سادہ لوح اور صاحب کردار العاضد تھا جس کے اختیارات اور اقتدار خاندانی تھے۔ انہیں شاور چھین نہ سکتا تھا۔ اور آخر کار اس کی جاہ پسند نظرت اس نتیجے پر پہنچ گئی کہ شاور سے کسی طرح خوبصورتی سے پیچھا چھڑا کر، العاضد کو اپنا لینا چاہیے۔ لیکن یہاں بوڑھا اتالیق سانپ بنا ہوا تھا۔ اس نے سوچا کہ پہلے اس سانپ کو کچل دینا چاہیے اس کے بعد جب راستہ صاف ہو جائے گا تو وہ العاضد کی سب سے زیادہ با اختیار محبوبہ یا ملکہ بن کر فاطمی خلافت پر حاوی آجائے گی۔

اس نے شاور کو ایک مختصر سا پیغام بھیج دیا۔

"بوڑھا اتالیق سانپ بنا ہوا ہے۔ امید ہے کہ عنقریب اس کے زہر کو زائل کر دیا جائے گا۔"

صبح فجر کی نماز کے فوراً بعد طبیب تقی جیلیا کے پاس پہنچ گیا جیلیا اس کی منتظر تھی۔ ایک خطرناک منصوبہ زیر عمل تھا۔ اس نے ایسے کپڑے زیب تن کر رکھے تھے جن میں بھر پور شباب کی زہد شکن قوت کار فرما تھی اور وہ سج دھج کر اس آگ کی مانند ہوگئی جس میں کہنہ سالی کے بھرم اور احتیاط پسندی کو بآسانی خاکستر کیا جا سکتا تھا گلے کے منقش اور خوبصورت گلوبند سے پھسلتی ہوئی بوڑھے کی نظر جس جگہ پہنچ کر خود بخود ٹھہر گئی۔ وہاں ہوش و حواس صبر و پندار اور حزم و احتیاط کو چشم زدن میں پگھلا دینے والا آتش فشاں گویا اس کا پہلے سے منتظر تھا۔ تھوڑی دیر کے لئے بوڑھا طبیب یہ فراموش کر بیٹھا کہ وہ یہاں

کس لئے آیا ہے وہ جیلیا کو دیکھتا رہ گیا۔ اس کے بوڑھے دل میں ہلچل مچ گئی جیلیا اپنے حسب دل خواہ نتائج سے بشاش اور مطمئن تھی۔

تھوڑی دیر بعد جب اسے ہوش آیا تو ہلکی سی مسکراہٹ اس کے ہونٹوں پر کھیل رہی تھی۔

جیلیا نے عزت واحترام سے بوڑھے تقی کو بٹھایا۔ بوڑھے نے نہایت ملائمت اور محبت سے دریافت کیا۔ "تجھے کیا تکلیف ہے اور کب سے لاحق ہے؟"

اور تھوڑی دیر تک بیماری سے لاپروائی اور غفلت کے سنگین نتائج پر تقریر کرتا رہا اور آخر میں کہا۔

"اگر تو امیر المومنین کے بجائے براہ راست بھی مجھے اپنی علالت سے مطلع کر دیتی تب بھی کوئی ہرج نہ تھا۔ میں فوراً حاضر ہو جاتا۔"

جیلیا نے بناوٹی لگاؤ سے کہا۔ "میں براہ راست بھی آپ کو بلا سکتی تھی لیکن میں یہ نہیں چاہتی کہ امیر المومنین کے دل میں کسی قسم کا شبہ پیدا ہو۔ ہمیں احتیاط بہر حال کرنی چاہیئے۔"

بوڑھے طبیب نے اپنے اشتیاق اور وارفتگی کو قوت ارادی سے کچل دیا۔ اور پوچھا۔ "ہاں تو تجھے کیا تکلیف ہے؟ جلد بتا تاکہ اس کا فوراً علاج شروع کر دیا جائے۔"

جیلیا نے نہایت لاپروائی سے جواب دیا۔ "بائیں طرف پسلیوں کے نیچے۔ میرا خیال ہے کہ صرف کہنے یا سننے سے کام نہیں چلے گا بہتر ہے کہ اس کا معائنہ بھی فرما لیا جائے۔"

"بائیں طرف پسلیوں کے نیچے!!" بوڑھے طبیب نے پریشان ہو کر جیلیا کے الفاظ دہرائے۔ "لیکن۔ لیکن اس جگہ کا۔ میرے کہنے کا مطلب یہ ہے کہ آخر تکلیف کیا ہے۔ کچھ کیفیت تو بیان کر۔"

جیلیا نے غمزے دکھائے اور شوخ وشریر لہجے میں کہا۔ "تمام تکلیفیں یکساں ہوتی ہیں۔ ان کی شدت میں کمی بیشی البتہ ہو سکتی ہے۔ میں ایسا محسوس کرتی ہوں گویا تو مجھے ضعف معدہ کی شکایت ہے یا جگر خراب ہے۔ اور اس کا فیصلہ اس جگہ کو دیکھنے کے بعد آپ خود فرمائیں گے۔"

تقی نے جب یہ دیکھا کہ جیلیا اس جگہ کا معائنہ کرانے ہی پر بضد ہے تو اپنے پیشے کی ذمہ داری سے وہ بھی مجبور ہو گیا اور اس نے اس جگہ کا معائنہ کرنا بہت ضروری خیال کیا۔

بوڑھے کا رہا سہا حزم واحتیاط اس معائنے کے دوران رخصت ہو گیا۔ اور اس عالم میں جیلیا کی شرارت اور لگاوٹ کی باتوں نے رہے سہے احتیاط اور شبہات بھی دور کر دیئے۔

چلتے چلاتے جب جیلیا نے بوڑھے طبیب سے یہ کہا کہ "ایک بیمار اور ناقابل اعتبار نوجوان کے مقابلے میں صحت مند اور تجربہ کار بوڑھا زیادہ اچھا ہے۔ کیا میں امید کروں کہ آپ دوبارہ پھر یہاں تشریف لانا گوارا

فرمائیں گے؟"

تو فریب خوردہ طبیب کے پاس ایک ہی جواب تھا۔"بہر حال جب تک تو بیمار ہے میرا آنا لازمی ہے اور اب تو میں یہ محسوس کر رہا ہوں کہ تیرا مرض متعدی ہے اور کچھ کچھ میں خود بھی اس سے متاثر ہو چلا ہوں۔"

بوڑھا تقی چلا گیا اور جبلیا اپنے اگلے حصے کا خاکہ تیار کرنے لگی۔

اب بوڑھے تقی نے العاضد کو جبلیا کے خلاف برگشتہ کرنے میں سرگرمی دکھلانی شروع کر دی اور اپنے پند و نصائح سے خوب اچھی طرح یہ باور کرانے کی کوشش کی کہ اگر نوجوان مگر بیمار العاضد نے ذرا بھی بے احتیاطی اور لاپروائی سے کام لیا تو اس کی زندگی خطرے میں پڑ جائے گی۔ دوسری طرف جبلیا کے علاج میں جوش و خروش کا مظاہرہ ہو رہا تھا۔ روئی کی طرح سفید داڑھی حنا اور وسمے کے لیپ سے سیاہ ہو گئی تھی اور سر کے چاندی جیسے بال حنا سے سرخ کر لئے گئے تھے۔

العاضد بے چین تھا کہ جبلیا سے کس طرح ملا جائے۔ بوڑھے طبیب نے جبلیا کو سکھا رکھا تھا کہ جب العاضد اس کو دیکھنے آ جائے تو اس کو اس قریب المرگ نوجوان سے بچنے کے لئے بیماری کا بہانا بنانا چاہیئے جبلیا نے حامی بھر لی تھی۔ دوسری طرف جبلیا کے آس پاس کے لوگ العاضد کو کچھ عجیب و غریب خبریں فراہم کر رہے تھے۔ اسے پہلے تو ان پر یقین نہ آیا لیکن جب اس نے بوڑھے طبیب کی حنا اور وسمے کی آمیزش سے سیاہ ہو جانے والی داڑھی پر غور کیا اور پھر سر کے سرخ بالوں پر نظر گئی تو اس کے شبہات یقین میں بدلنے لگے، ملک کے نازک اور پیچیدہ معاملات الگ مانع تھے۔ لیکن اس کے باوجود جبلیا سے ملنے پہنچ گیا۔ العاضد کو اچانک اپنے سامنے دیکھ کر وہ گھبرا گئی۔ اس نے بیمار بننے کی کامیاب اداکاری کرنا چاہی لیکن ناکام رہی۔ اس نے محسوس کیا کہ العاضد میں وہ پہلی جیسی سرگرمی نہیں ہے وہ اگلا سا التفات اور لگاؤ مفقود ہے۔ ان حالات میں اسے بھی اپنی بیماری کے مکر سے دستکش ہونا پڑا۔ اس نے جرأت سے کام لیا اور العاضد کے سینے سے لگ کر کھڑی ہو گئی اور آہستہ آہستہ اس کے سینے پر ہاتھ پھیرنے لگی۔

العاضد نے اس کی کمر کو اپنے ہاتھوں کی گرفت میں لے لیا اور مسہری کی طرف لے جاتا ہوا بولا۔

"جبلیا! میں اس درمیان بہت زیادہ فکر مند رہا ہوں۔ اور افسوس کہ میں تیری عیادت کو بھی نہ آسکا۔ اب پہلے یہ بتا کہ تیری طبیعت کیسی ہے؟"

جبلیا کو کسی قدر اطمینان ہوا۔ بے ساختہ ہنس دی۔ بولی۔ "امیر المومنین کی تشریف آوری سے پہلے میں کسی حد تک بیمار بھی تھی لیکن اب میں بالکل ٹھیک ہوں۔"

العاضد اور جبلیا مسہری پر پاس پاس بیٹھ گئے۔

کچھ فکرمندی اور تامل کے بعد العاضد نے کہا "میرے خبررسانوں نے تیرے اور طبیب کے بارے میں عجیب و غریب افواہیں پھیلا رکھی ہیں۔ کیا تو خود بھی اس پر کوئی تبصرہ کر سکتی ہے؟"

جیلیا نے بلاجھجک عرض کیا "لوگ تو عجائب پسند ہوتے ہی ہیں۔ یہ ضرور ہے کہ امیرالمومنین کے طبیب نے میرے علاج معالجے میں غیر معمولی مستعدی اور محنت سے کام لیا ہے لیکن اس سے لوگوں میں شک شبہ تو نہیں پھیلنا چاہیئے۔"

العاضد نے بوڑھے تفی کی داڑھی اور سر کے بالوں کی طرف اشارہ کیا "بوڑھے تفی کے بالوں میں مضحکہ خیز تبدیلی بھی کچھ کم معنی خیز نہیں ہے۔"

جیلیا نے شوخ و شریر لہجے میں سادگی سے جواب دیا "ہاں اس کے لئے میں امیرالمومنین کی واقعی گناہگار ہوں جیسا کہ امیرالمومنین نے خود بھی محسوس کیا ہوگا کہ میں بڑھاپا بالکل پسند نہیں کرتی۔ حد تو یہ ہے کہ جب میں خود اپنے بڑھاپے کا تصور کرتی ہوں تو بڑھاپے سے قبل موت کی طالب ہو جاتی ہوں۔ اپنی اسی کراہ کے پیش نظر میں نے امیرالمومنین کے بوڑھے طبیب سے یہ خواہش کی تھی کہ جب تک وہ میرے علاج پر مامور ہے اس کو اپنی داڑھی میں حنا اور وسمے کا آمیزہ اور سر کے بالوں میں صرف حنا استعمال کرنا چاہیئے۔"

اس جواب نے العاضد کے شکوک دور کر دیئے۔ لیکن تھوڑی دیر بعد جب العاضد واپس جانے لگا تو جیلیا کی ایک غیر متوقع خواہش نے پچھلے شکوک اور شبہات کو ایک بار پھر زندہ کر دیا۔

جیلیا نے العاضد سے اجازت طلب کی "اگر اس وقت امیرالمومنین تشریف نہ لاتے تو میں خود کسی وقت اذن باریابی چاہتی۔ قاہرہ کی آب و ہوا مجھے راس نہیں آ رہی ہے میں چاہتی ہوں کہ امیرالمومنین کچھ دنوں کیلئے مجھے قاہرہ کے باہر بھیج دیں۔ میں دریائے نیل کے مشرقی ساحلی شہر اخمیم جانا چاہتی ہوں۔ مجھے امید ہے کہ اس شہر کی کھلی آب و ہوا اور قدیم قبطیوں کی شاندار یادگاریں میری صحت کے حق میں مفید ثابت ہوں گی۔"

العاضد نے دریافت کیا "اور تو اس سفر میں اپنے ساتھ کسے لے جانا پسند کرے گی؟"

جیلیا نے جواب دیا "امیرالمومنین کے قابل اعتبار مخلص اور بوڑھے طبیب تفی کو۔"

العاضد چونک پڑا اور کچھ سوچتا ہوا بولا "بہتر ہے لیکن تیرے ساتھ تیری خدمت کے لئے دو کنیزیں اور چار غلام بھی جائیں گے۔"

جیلیا سمجھ گئی کہ یہ دو کنیزیں اور چار غلام اس کی خدمت کے لئے نہیں، نگرانی اور جاسوسی

کے لیئے ساتھ کیئے جائیں گے۔ اسے اپنی عقل اور ذات پر اعتماد تھا اس نے العاضد کی اس پیش کش کو فوراً قبول کر لیا۔ سر جھکا کر بولی "امیر المومنین کی عنایات اور نوازش کا پیشگی شکریہ ادا کرتی ہوں"
العاضد شکوک اور شبہات کے ساتھ واپس چلا گیا۔ اسے جوانی اور حسن و شباب کے مجسمے جیلیا اور بوڑھے تقی کے باہمی واسطہ ارتباط کی جستجو تھی اور عقل کے پاس اس کا کوئی معقول جواز یا جواب نہ تھا۔

بوڑھے طبیب کی سرپرستی میں جب یہ مختصر قافلہ اخمیم پہنچا تو جیلیا کی خوشی کی انتہا نہ رہی دونوں کنیزیں اور چار غلام خدمت کے بہلنے ہر وقت آس پاس منڈلاتے رہتے۔ لیکن یہاں جیلیا کو کسی بات کا ڈر نہ تھا۔ وہ نہایت بے تکلفی سے بوڑھے تقی کے ہاتھ میں ہاتھ ڈالے اہرام کی سیڑھیوں پر چڑھ جاتی اور کافی بلندی پر پہنچ کر دونوں راز و نیاز میں کھو جاتے۔ یہاں سے اتر کر اخمیم کے سب سے قدیم چالیس ستونوں والے قبطی مندر میں گھس جاتی اور اس کی رنگا رنگ میناکاری میں محو ہو جاتی۔ مندر کے مختلف دالانوں میں بنی ہوئی تصویریں دیکھ دیکھ کر لطف اندوز ہوتی۔ ہزاروں سال پہلے کی بنی ہوئی یہ تصویریں عجیب تھیں، پر پرواز تولتے ہوئے پرندوں کی تصویریں خوش رو حسین لیکن ایک دوسرے سے مختلف وضع قطع رکھنے والے آدمیوں کی تصویریں، کسی کے ہاتھ میں ہتھیار تھا کسی کے ہاتھ میں پیالہ اور کوئی خالی ہاتھ تھا۔ جیلیا انہیں دیکھ دیکھ کر خوش ہوتی رہی۔ اور بوڑھے تقی کو ان سے اچھی طرح لطف اندوز ہونے کی تلقین کرتی رہی۔ اسے کچھ ایسا محسوس ہوتا جیسے وہ یہاں برسوں رہ چکی ہو۔ یہ ساری خبریں مستعدی سے العاضد کو بھیجی جا رہی تھیں۔ جیلیا نے جب بہت زیادہ خوش ہو کر یہ کہا کہ "اب وہ یہاں سے قاہرہ واپس نہیں جائے گی اور بوڑھا طبیب بھی اس کے ساتھ رہے گا۔" تو اس اہم خبر کو لے کر ایک ہرکارہ فوراً قاہرہ روانہ ہو گیا۔ لیکن جب یہ دونوں چالیس ستونوں والے عظیم قبطی مندر میں ہاتھ میں ہاتھ ڈالے گھوم رہے تھے تو انہیں ڈھونڈتا ہوا ایک خواجہ سرا وہیں پہنچ گیا۔ وہ ایک المناک خبر لے کر آیا تھا۔ خواجہ سرا نے جیلیا کے ہاتھ میں قرطاس کا ایک پرزہ تھما دیا۔ جیلیا نے لرزتے ہاتھوں سے اس کی تہیں دور کیں اور خط پڑھنے لگی۔ اس میں لکھنے والے کا نام نہ تھا۔ اس میں لکھا تھا:۔

"آقائے ولی نعمت شاور کو قتل کر دیا گیا۔ اس کی تفصیل بہت المناک ہے جب وہ کسی اہم مسئلے پر بات کرنے عباسی جنرل شیرکوہ کے پاس پہنچے تو معلوم ہوا کہ شیرکوہ امام شافعی کے مزار پر گیا ہوا ہے۔ وہ یہاں سے امام شافعی کے مزار کی طرف چل دیا۔ لیکن عین روانگی کے بعد شیرکوہ کے بھتیجے صلاح الدین نے اسے قید کر کے العاضد کو اس سے مطلع کر دیا۔ العاضد نے صلاح الدین کو بار بار یہ تاکید کی کہ شاور کو قتل کر دیا جائے۔ شاور قتل کر دیا گیا۔ اب

اس کی جگہ وزارت عظمےٰ کا عہدہ شیر کوہ کے حوالے کر دیا گیا۔ فوراً قاہرہ واپس آؤ۔ یہاں کی تو دُنیا ہی بدل چکی ہے۔"

جیلیا پر اس خبر کا کوئی اثر نہ ہوا۔ شاور کا انجام وہی ہوا جس کی توقع تھی۔ اسے خوشی تھی کہ راستے کا سب سے خطرناک کانٹا دُور ہو چکا تھا اور منزلِ مراد اب کچھ زیادہ دُور نہ تھی۔ سیر و تفریح جاری رہی۔ بوڑھا تقی اس وقت مندر کی پیکانی عبارتوں میں کھویا ہوا تھا۔ ایک اجنبی شخص کو جیلیا کے قریب دیکھ کر مُڑا اور جیلیا سے پوچھا۔

"یہ کون ہے؟ اور کہاں سے آیا ہے؟"

جیلیا نے لاپروائی سے جواب دیا۔ "کیا اسے نہیں پہچانتے؟ یہ قصرِ خلافت کا خواجہ سرا ہے۔ اور موتمن الدولہ کی طرف سے ایک خاص خبر لے کر آیا ہے۔"

اس کے بعد جیلیا نے قرطاس کا پُرزہ بوڑھے تقی کی طرف بڑھا دیا۔ وہ جیسے جیسے اسے پڑھتا چہرے کا رنگ بدلتا جاتا۔ آخر میں اس کے چہرے پر خوشی کی لہر دوڑ گئی اور وہ فرطِ جوش میں چلایا۔

"اے میرے آقا العاضد! بالآخر تو نے اپنے بدترین دشمن سے نجات حاصل کر لی!"

وہ لوگ مندر کے دالانوں سے گزر کر عبادت گاہ میں داخل ہوئے اور پھر اس کے صدر دروازے سے نکل کر باہر میدان میں پہنچ گئے۔ ان کے گھوڑے زیتون کے سائے میں کھڑے ہنہنا رہے تھے۔ اور ان کی لگامیں العاضد کے عطا کردہ غلاموں نے پکڑ رکھی تھیں، ابھی یہ لوگ راستے ہی میں تھے کہ ان کی نظریں اس گرد و غبار پر جم گئیں جو جنوب سے بلند ہو رہا تھا۔ اور دم بدم قریب ہوتا جا رہا تھا۔ اور پھر گھوڑوں کی ٹاپیں بھی سنائی دینے لگیں۔ یہ لوگ دوڑ کر اپنے گھوڑوں کے قریب پہنچ گئے اور خوفزدہ نظروں سے آنے والوں کا انتظار کرنے لگے۔ تھوڑی دیر بعد اس گرد و غبار کے اندر سے کئی سو سپاہی نمودار ہوئے جو اپنے لباس سے مصری نہیں لگتے تھے، پہلے ان کا رخ قدیم قبطی مندر کی طرف تھا لیکن ایک سوار کی نظر ان پر پڑ گئی اور اس نے باآوازِ بلند کچھ کہتے ہوئے اپنے گھوڑے کی باگ ان لوگوں کی طرف موڑ دی۔ اس سوار کی اتباع میں دوسرے سواروں نے بھی اپنے اپنے گھوڑوں کا منہ اس طرف موڑ دیا۔ جو گھوڑے ذرا آگے نکل چکے تھے نصف دائرہ بناتے ہوئے زیتون کے درخت کی طرف مڑ گئے۔

زیتون کا درخت محاصرے میں لے لیا گیا اور ان میں کا ایک شخص گھوڑے کی پشت سے کود کر نیچے آ گیا۔ اس کا سر بڑا، چہرہ بارعب۔ داڑھی گھنی، پیٹ ذرا آگے کو نکلا ہوا تھا۔ وہ جیلیا اور تقی کے قریب پہنچ کر مبہوت رہ گیا۔ "اتنی حسین اور نوعمر لڑکی کسی حفاظتی سپاہ کے بغیر ایک بوڑھے اور چند آدمیوں کے

ساتھ اس ویرانے میں !!"

بوڑھا تقی اب انہیں اس حد تک پہچان چکا تھا کہ یہ لوگ عباسی سپاہ سے تعلق رکھتے ہیں۔

ادھیڑ عمر فوجی نے ان سے ایک عام سا سوال کیا۔ "کیا تمہیں لڑنا نہیں آتا؟"

بوڑھے طبیب نے دانائی سے بھرپور جواب دیا۔ "میں طبیب ہوں جو زخموں کا علاج تو کر سکتا ہے۔ لیکن زخمی نہیں کر سکتا!"

ادھیڑ عمر فوجی مسکرا دیا۔ "تو بہت عقلمند معلوم ہوتا ہے" اس کے بعد ان کے غلاموں کی طرف اشارہ کیا۔ "اور یہ؟ کیا یہ بھی تیری طرح طبیب ہیں؟ تیری طرف سے یہ تو لڑ سکتے ہیں!"

بوڑھے تقی نے دوسرا دانائی سے لبریز جواب دیا۔ "یہ میرے غلام ہیں اور یہ میری مرضی کے خلاف کوئی قدم بھی نہیں اٹھا سکتے!"

"خوب، خوب!!" ادھیڑ عمر فوجی مسکراتا ہوا زور سے چلایا۔

بوڑھے طبیب نے نہایت اطمینان سے سوال کیا۔ "میرا خیال ہے کہ تم لوگ عباسی سپاہ سے تعلق رکھتے ہو!"

"تو ٹھیک کہتا ہے!" ادھیڑ عمر فوجی ان سے اور زیادہ قریب ہو گیا۔ جیلیا کی طرف اشارہ کرتے ہوئے پوچھا۔ "یہ کون ہے؟ کیا تیری لڑکی ہے؟"

بوڑھا عجیب مخمصے میں پھنس گیا۔ بیٹی کہہ نہ سکتا تھا۔ محبوبہ کہتا تو مذاق اڑتا اور جیلیا کے چھن جانے کا بھی خوف تھا۔ بوڑھے نے جیلیا کی طرف اس طرح دیکھا جیسے کہہ رہا ہو۔ کہ اس اجڈ فوجی کے سوال کا تو ہی کوئی اچھا سا جواب دے سکتی ہے۔

اب جیلیا نے اپنے لب کھولے اور دلوں میں ہلچل مچا دینے والی آواز میں کہا۔ "میں قصر فاطمی سے تعلق رکھتی ہوں اور یہ بوڑھا طبیب العاضد کا طبیب خاص بھی ہے اور اتالیق بھی ہم لوگ تبدیلی آب و ہوا کی غرض سے اخمیم آئے تھے۔"

موتمن الدولہ ابھی موجود تھا۔ ادھیڑ عمر فوجی نے اس کی طرف اشارہ کیا۔ "اور یہ کون ہے؟"

جیلیا نے جواب دیا۔ "یہ ہمارا غلام ہے!"

"غلط جھوٹ!" وہ چیخا۔ "یہ ضرور کوئی خاص پیغام لے کر آیا ہے۔ اس کا تیز رفتار گھوڑا اور اس کے بھاگنے کا اندھا دھند انداز ہی تو ہمیں یہاں تک کھینچ لایا ہے!"

اتنا کہہ کر اس فوجی نے نہایت بے باکی سے ان کی تلاشی لینا شروع کر دی اور جیلیا کے پاس سے مؤتمن الدولہ کا پیغام برآمد کر لیا اور اسے پڑھتے ہی بے ساختہ ایک طمانچہ رسید کر دیا۔ وہ پھر چیخا۔

"احمق لڑکی! تو ہمیں بے وقوف نہ بنا۔ سچ سچ بتا کہ تیرے ملعون شاور سے کس قسم کے تعلقات رہے ہیں اور یہ بات بھی ذہن میں رکھ کر اس وقت تو اسد الدین شیر کوہ سے مخاطب ہے جو جھوٹ ہرگز برداشت نہیں کر سکتا۔"

جیلیا خوفزدہ ہو کر گال سہلانے لگی۔ یہ تو ان مصریوں سے بالکل مختلف تھا جنہیں اب تک یہ بہلاتی پھسلاتی رہی ہے۔ بوڑھا طبیب خون کے گھونٹ پی کر رہ گیا لیکن مجبور تھا۔

ان سب کو حراست میں لینے کے بعد انہی کی نشاندہی پر دونوں کنیزیں بھی گرفتار کر لی گئیں۔ عباسی جنرل اچھی طرح تحقیق و تفتیش اور جرح اور بحث کے بغیر ان پر اطمینان نہ کر سکتا تھا۔ قاہرہ پہنچ کر جب یہ قیدی عباسی سپاہ کے درمیان سے گزر رہے تھے تو جیلیا پر ہزاروں للچائی نظریں پڑ رہی تھیں لیکن اسد الدین شیر کوہ اس طرح چل رہا تھا گویا جیلیا کے ذہن شکن حسن کا اس پر کوئی اثر نہ ہوا ہو۔ متاثر وہ بھی تھا لیکن اسے اپنی طبیعت پر قابو حاصل تھا۔ اور اندرونی طوفان کے آثار اس کے چہرے سے بالکل ظاہر نہ ہوتے تھے۔

جیلیا کی طبیعت بھی کچھ عجیب تھی۔ جب وہ اپنے ساتھیوں سے الگ تھلگ قید تنہائی گزار رہی تھی تو اس کے تصورات پر شیر کوہ کا قبضہ تھا۔ وہ شیر کوہ، جو اَب مصر کا وزیر اعظم تھا۔ خلافت عباسی کا تجربہ کار مشہور اور با اختیار جنرل، جو محض سپاہی تھا، شجاعت اور دلیری جس کی ہر ہر ادا اور ایک ایک بات میں پائی جاتی تھی۔ اسے یقین تھا کہ یہ شاور جیسا وزیر اعظم ہرگز نہ ہوگا۔ شیر کوہ کا مستقبل سب سے زیادہ روشن تھا۔ بیمار اور نادان العاضد کے بجائے اب وہ اس سنگلاخ قلعے کو سر کرے گی۔ اس نے شیر کوہ کی تسخیر کا ارادہ کر لیا۔ اور اس کا پہلا سبق یہ تھا کہ جب شیر کوہ تخلیے میں اس سے اس کے ماضی اور اصل حیثیت کے بارے میں سوالات کرنے بیٹھا تو کسی سوال سے پہلے ہی اس نے سب کچھ صاف صاف بتا دیا۔ اس نے کہا۔ "میں شاور کی آلۂ کار نہیں بن سکتی تھی اس لئے میں قاہرہ سے اخمیم چلی گئی تھی۔ میں العاضد کے محل میں بھی واپس نہیں جانا چاہتی!"

شیر کوہ اس کے بیان سے مطمئن ہو گیا۔ "اب تو کیا چاہتی ہے؟"

جیلیا کے گالوں پر شرم و حیا کی سرخی دوڑ گئی۔ "اب میں قصرِ خلافت واپس نہیں جانا چاہتی۔"

"پھر؟" شیر کوہ ٹہلنے لگا۔ "پھر تو کیا چاہتی ہے؟ اور کہاں جانا چاہتی ہے؟"

جیلیا نے گویا عالم سرخوشی سے جواب دیا "اخمیم میں زیتون کے سائے تلے لگائے جانے والے طمانچے کی لذت میں زندگی بھر فراموش نہ کر سکوں گی۔ تو بہادر ہے اور میں اس بہادر سے محبت کرنا چاہتی ہوں۔"

"احمق، پاگل!" شیر کوہ ٹہلتے ٹہلتے رک گیا۔ "نادان لڑکی! میری شادی ہو چکی ہے۔ اور میرے کئی بچے بھی ہیں!"

جیلیا نے جواب دیا۔ "مجھے ان سے کوئی غرض نہیں، تاہم دونوں ایک معاہدہ کر لیں جب تک تو مصر میں رہے گا میں تیرے ساتھ رہوں گی۔ جب تو یہاں سے جائے گا تو میں یہیں رہ کر تیرا انتظار کروں گی۔ اس طرح میں اور تیری بیوی دونوں ایک دوسرے کی رقابت اور حسد سے بھی محفوظ رہیں گے۔"

جیلیا کی تجویز بہت معقول تھی۔ اس لڑکی نے شیر کوہ کو اندر سے کچھ کمزور کر دیا تھا۔ اس نے کہا۔ "اچھا مجھے سوچنے کا موقع دے۔ میں ابھی کوئی فیصلہ نہیں کر سکتا۔"

اس کے بعد جیلیا کی قید تنہائی ختم ہو گئی۔ دونوں کنیزیں اس کی خدمت پر مامور کر دی گئیں۔ اور باہر سپاہی ان کی نگرانی پر متعین کر دیئے گئے۔ جیلیا کو شیر کوہ پر مشتبہ فتح حاصل ہو گئی تھی۔

شیر کوہ نے جیلیا کی درخواست منظور کر لی تھی۔ لیکن اس کے لئے اپنی طرف سے جو کڑی شرط عائد کر دی تھی وہ بڑی جان جوکھم کا کام تھا۔ اس نے کہا۔ "جیلیا! تو قصر خلافت میں واپس جا۔ میں محبت کی قدر کرتا ہوں لیکن کسی ایسی محبت پر یقین نہیں رکھتا جو تیری طرح اچانک ہو گئی ہو۔ میں تیری محبت کو پرکھنا چاہتا ہوں!"

جیلیا نے قصر خلافت کی واپسی کے حکم کو سنا اور کرب سے بے چین ہو گئی۔ تاہم اس نے صبر و سکون سے دریافت کیا۔ "بہادر جنرل! تو بھی صحیح کہتا ہے۔ میری طرف سے جس سادگی اور سادہ لوحی سے محبت کا اظہار ہوا ہے تیرے جیسے غیر مصری کو اس پر شبہ ہی کرنا چاہیئے۔"

شیر کوہ نے ناگواری سے اُجڈ لہجے میں کہا۔ "میں زیادہ باتیں پسند نہیں کرتا اور اس وقت تک جب تک کہ تو اپنی بے لوث محبت کا یقین نہ دلا دے میں تجھ سے باتیں بھی کس قسم کی کر سکتا ہوں۔"

جیلیا نے بھی کھرے لہجے میں سوال کیا۔ "اپنی شرط بیان کر۔ گفتگو بند۔"

شیر کوہ نے کسی قدر تامل سے کہا۔ "تو العاضد کے آس پاس رہ اور وہاں کے حالات سے کسی بھی طرح مجھے باخبر رکھ۔"

پھر کچھ سوچتا ہوا بولا۔ "اپنی خدمات کے صلے میں تو جو کچھ پائے گی اس کا تو قبل از وقت تصور بھی نہیں

کر سکتی۔ اشارۃً بس اتنا بتا دینا کافی ہے کہ حجاز سے طابخیر تک اور بغداد سے ماورالنہر تک ایک خلافت رہے گی اور وہ ہوگی خلافتِ بغداد، مصر کی بیمار خلافت کو اب مزید زندہ نہیں رہنا چاہیئے۔"

شیر کوہ نے جیلیا کے چہرے کا جائزہ لیا اور اس کی اندرونی کیفیات کو بھانپنے کی کوشش کی۔ اور پھر آخری وار کیا۔ "مصری خلافت کا زوال تیرا عروج ہوگا۔ کیونکہ یہاں کی حکومت شیر کوہ کے سوا کسی دوسرے کو نہیں مل سکتی۔"

جیلیا کی جاہ پسند طبیعت شکست کھا گئی اور سنہری مستقبل کا خوش آئند تصور فاطمی خلافت کی بنیادیں کھوکھلی کرنے پر آمادہ ہو گیا۔ جیلیا نے دریافت کیا۔ "لیکن محلسرا کی خبریں تجھ تک کس طرح پہنچیں گی؟"

شیر کوہ نے اس طرح جواب دیا گویا سارا انتظام پہلے ہی سے کیا جا چکا ہے۔ "محلسرا کے مملوک نگران اور پہرے دار تجھ سے خود ہی رابطہ قائم کر لیں گے۔"

جیلیا نے جواب دیا۔ "میں تیار ہوں اور تو جس طرح کہے گا کروں گی لیکن میری خواہش ہے کہ تو مجھے اپنی ہدایات پر چلا۔ مجھے اپنی خود اعتمادی پر اتنا بڑا بھروسا نہیں ہے کہ مصری خلافت کو ڈھا سکوں۔"

شیر کوہ نے کہا۔ "بہتر ہے کل صبح تو اپنے ساتھیوں کے ساتھ فاطمی محلسرا واپس چلی جا اور العاضد کا زیادہ سے زیادہ اعتماد حاصل کرنے کی کوشش کر۔"

جیلیا کو سکون حاصل ہو چکا تھا۔ اور شیر کوہ زیر دام آچکا تھا۔ اس کے خیال میں بوسیدہ اور دیمک خوردہ مصری خلافت کو ڈھا دینا اتنا بڑا کام بھی نہ تھا۔

دوسرے دن صبح شیر کوہ نے جیلیا، بوڑھے تقی اور ان کے آدمیوں کو مختصر سے معذرت نامے کے ساتھ العاضد کی خدمت میں روانہ کر دیا۔

العاضد کو اب تک اخمیم سے جیلیا کے بارے میں جیسی شرمناک اور حیا سوز اطلاعات پہنچی تھیں انہوں نے اسے آتش زیر پا کی کیفیت میں مبتلا کر رکھا تھا۔ پھر جب اسے یہ اطلاع ملی کہ انہیں شیر کوہ نے گرفتار کر لیا ہے تو اس کا غصہ شیر کوہ کی طرف منتقل ہو گیا۔ لیکن اس کے خلاف کوئی قدم نہ اٹھایا جا سکتا تھا۔ شیر کوہ کی حیثیت فاتح جیسی تھی اور مصری خلافت کی مفتوح جیسی۔ لیکن جب العاضد کو یہ خبر پہنچی کہ شیر کوہ نے ان قیدیوں کو عزت و احترام کے ساتھ محلسرائے خلافت واپس بھیج دیا ہے تو اس کے دل میں شیر کوہ کی قدر و منزلت پہلے سے زیادہ ہو گئی۔

اسے اطلاع ملی کہ جیلیا اور بوڑھا طبیب، دونوں اس کی بارگاہ میں حاضر ہونے والے ہیں تو ان دونوں کے خلاف اس کے تن بدن میں آگ سی لگ گئی۔ دلنواز مطربائیں العاضد کی افسردگی اور تکدر کو

دُور کھنے کی کوششیں کر رہی تھیں کہ جیلیا اور اتالیق حاضر کر دیئے گئے۔ بوڑھے تقی نے اپنے دونوں ہاتھ ناف پر رکھ لئے اور نادم و شرمسار گردن جھکا کر کھڑا ہو گیا۔ العاضد اپنے بزرگ اتالیق کو دوسروں کے سامنے پھر بھی ذلیل نہیں کرنا چاہتا تھا۔ اس نے آنکھ کے اشارے سے کنیزوں کو رخصت کر دیا۔

العاضد کے ہاتھ میں دُرّہ تھا اور مارے غصّے کے وہ بار بار اسے حرکت دے رہا تھا۔

العاضد کا چہرہ تمتمایا ہوا تھا۔ اس نے حقارت سے بوڑھے اتالیق کو گھورا اور سوال کیا "اے بوڑھے ناصح کیا تو اب بھی اس سے انکار کر سکتا ہے کہ تو جیلیا سے محبت نہیں کرتا اور یہ محبت کیا اس نوع کی نہیں ہے جس کے محرک سفلہ جذبات ہوا کرتے ہیں؟"

بوڑھے نے آہستہ سے اقرار کیا۔ "مجھے اقرار ہے!"

العاضد نے دُرّے کو فضا میں لہرایا اور زمین پر دے مارا۔ "کیا تو اس سے بھی انکار کر سکتا ہے کہ جیلیا میری امانت تھی اور تو نے خیانت کی!"

بوڑھے نے انکار کیا۔ "میں نے خیانت نہیں کی!"

"تو جھوٹ بولتا ہے!" العاضد کپکپانے لگا۔ "کیا تو جیلیا کے ہاتھ میں ہاتھ ڈالے قدیم مصری بادشاہوں کے مقبروں کی سیڑھیوں پر چڑھا اُترا نہیں کرتا تھا؟"

"مجھے اس کا اقرار ہے!" بوڑھے نے اطمینان سے جواب دیا۔

"اور یہ کہ" العاضد کہنے لگا۔ "اخمیم کے قدیم چالیس ستونوں والے مندر کے دالانوں میں کیا تو نے جیلیا کا ہاتھ نہیں پکڑا تھا؟"

"میں انکار نہیں کروں گا درست ہے!" بوڑھا اطمینان سے بولا۔

"اور یہ کہ تو نے جیلیا کو اپنی آغوش میں لے کر بوسہ دیا۔ کیا یہ غلط ہے؟" العاضد تھرتھرا رہا تھا۔

"میں جھوٹ نہیں بولوں گا۔ مجھے اقرار ہے!" بوڑھے نے جواب دیا۔

"اور یہ بھی بتا تو نے اپنی روئی جیسی سفید ڈاڑھی کو حنا اور وسمے کے آمیزے سے کیا اس لیے سیاہ نہیں کیا تھا کہ نوجوان جیلیا کے دل میں نوجوان جیسی شکل بنا کر رسائی حاصل کرے؟"

بوڑھے نے مختصر جواب دیا "یہ بھی درست ہے!"

العاضد نے دُرّے کو ایک بار پھر ہوا میں لہرا کر زمین پر دے مارا۔ "جب سب کچھ درست ہے سب کچھ صحیح ہے تو میں پوچھتا ہوں کہ تو نے ایسا کیوں کیا؟ کیا ایسا کرتے وقت تیرے حافظے سے وہ نصیحتیں اور ہدایتیں محو ہو گئی تھیں جو تو جیلیا کے بارے میں مجھے دیا کرتا تھا؟"

"نہیں، مجھے وہ سب کچھ آج تک یاد ہے۔"

"تو بوڑھا بھی ہے اور میرا اتالیق بھی، میں تجھے کوئی سزا نہیں دینا چاہتا لیکن تجھے اپنی فردِ جرم کی صفائی میں یہ ضرور بتانا پڑے گا کہ ایسا کیوں ہوا؟" العاضد کو ضد ہو گئی تھی۔

بوڑھے نے گردن اوپر اٹھائی اور ہاتھ سے جیلیا کی طرف اشارہ کرتے ہوئے کہا۔ "امیر المومنین! پہلے اس سے اسی نوع کے سوالات کریں۔ میں اس کے جوابات سننے کے بعد کوئی جواب دوں گا۔"

العاضد طیش میں جیلیا کی طرف گھوم گیا اور اس کی نرم و نازک پشت پر ایک دُرّہ رسید کر دیا۔ وہ بلبلا گئی۔ العاضد نے غصّے میں پوچھا۔ "ابھی میں نے جو سوالات اپنے اتالیق سے کئے تھے کیا تو انہیں سُن رہی تھی؟"

جیلیا نے روتے ہوئے اثبات میں گردن ہلا دی۔

العاضد نے تڑپ کر پوچھا۔ "تیرے پاس اپنی برأت کے لئے کیا جواب ہے؟"

جیلیا کے حلق سے یوں آواز نکلی جیسے وہ اندر سے دھکیلی جا رہی ہو۔ "امیر المومنین! میں قسم کھا سکتی ہوں کہ میں نے اس احمق بوڑھے سے آج تک محبت نہیں کی، اس طرح میں دراصل اپنی اس اہانت اور سُبکی کا بدلہ لے رہی تھی جو پہلی بار امیر المومنین کے رُو برو اس سے سرزد ہوئی تھی۔ اب امیر المومنین چاہیں تو مجھے قتل کرا دیں، میں نہ تو اس احمق سے محبت کرتی تھی اور نہ اب اس کے لئے میرے دل میں کوئی گنجائش ہے۔"

العاضد کو جیلیا کی یہ صاف گوئی بہت بھلی لگی۔ اسے ہنسی آ گئی مسکرا کر بولا۔ "اری احمق کیا یہ بہتر نہ تھا کہ تو اسے معاف کر دیتی؟"

جیلیا نے کراہتے ہوئے کہا۔ "میں نے اس کو سزا ہی کون سی دی ہے؟"

العاضد ہنستا ہوا بولا۔ "کیا تو اسے سزا نہیں سمجھتی کہ یہ جدھر جاتا ہے لوگ اس کا تمسخر اڑاتے ہیں؟"

اس کے بعد وہ بوڑھے اتالیق کی طرف مخاطب ہوا۔ "جیلیا کے خوبصورت جواب نے مجھے ٹھنڈا کر دیا ہے اب میں تیری زبان سے کچھ سننا چاہتا ہوں۔"

بوڑھے نے اپنا پُرانا لہجہ اختیار کیا۔ "جیلیا تو احمق تھی جس نے یہ سمجھ لیا کہ یہ بوڑھا اس کا عاشق ہو گیا ہے اور امیر المومنین نے بھی رائے قائم کرنے میں عجلت سے کام لیا۔ میں عاشقوں کی طرح اس شریر اور چالاک لڑکی کے پیچھے پھرتا رہا۔ میں نے اکثر و بیشتر اس سے اظہارِ عشق بھی کیا ہے، اس کے ہاتھوں اور رخساروں کے بوسے بھی لیے اس کو آغوش میں بھینچا لیکن ایک ایسی لغزش، جسے خیانت کہا جا سکتا ہے میں اس کا مرتکب نہیں ہوا۔"

پھر وہ اپنے کردار کی اصل بلندی پر پہنچ گیا اور کہنے لگا۔ "امیرالمومنین کو میں نے جب بھی اس لہو و لعب سے دور رہنے کی تلقین کی، اس کا ہمیشہ مقصد یہی ہوتا تھا کہ شہزادے میں ابھی ناتجربہ کاری ہے خلافت کا بہت بڑا بوجھ کاندھے پر ہے۔ اگر امیرالمومنین اس طرف راغب ہو گئے تو پھر اپنے حصّے کے بڑے بڑے کام کس طرح انجام دیں گے۔ امیرالمومنین نے مجھ کو لاعلم رکھ کر یہ طے کیا کہ جیلیا سے چوری چھپے ملتے بھی رہیں اور اس ملاقات میں اعتدال بھی قائم رکھیں۔ یہاں پہنچ کر میں صرف یہ عرض کروں گا کہ جس زور آور شباب نے ایک بوڑھے کو اس حد تک دیوانہ و وارفتہ کر دیا ہو وہ کسی جوان کو کہاں تک نکما نہ بنا دے گا میری حماقت امیرالمومنین کے حق میں تازیانۂ عبرت ہے۔"

العاضد کا سارا غصہ کافور ہو گیا۔ ساری کدورتیں دُھل گئیں۔ اس نے بوڑھے تقی کو چلے جانے کی اجازت دے دی۔ جب بوڑھا اتالیق چلا گیا تو العاضد نے جیلیا کے دونوں گال پیار سے تھپتھپائے اور کہنے لگا۔ "شریر لڑکی! تو نے اس بوڑھے کو بہت ہلکان کر دیا لیکن دیکھا کہ یہ بوڑھا تجھ سے بھی زیادہ چالاک نکلا۔" جیلیا نے جواب دیا۔ "بوڑھا اپنی چالاکی سے جان بچا لے گیا ورنہ میں اچھی طرح جانتی ہوں کہ اس کی چاہت حقیقی تھی یا وہ اداکاری کر رہا تھا۔"

العاضد نے کہا۔ "اچھا اب جا اور آرام کر۔ میرا خیال ہے کہ اب یہ اتالیق ہم دونوں کی راہ میں اتنی شدت سے مزاحم نہ ہوگا۔ وہ اپنا سارا زور ختم کر چکا ہے۔"

جیلیا اپنے کمرے میں چلی گئی۔

آناً فاناً پورا محلسرا مایوسی کا شکار ہو گیا۔ اندر ایک نفسیاتی تحریک چل رہی تھی۔ ہر شخص مصری خلافت کے زوال کا منتظر تھا۔ ہر آدمی اس پر یقین رکھتا تھا کہ قصر فاطمی کا اقتدار اب چند روزہ ہے اس مایوسی اور غیر یقینی کیفیت کا نتیجہ یہ نکلا کہ ہر وہ ذات، جس کی دفاداریاں اور خدمات محلسرا اور العاضد سے تعلق رکھتی تھیں اس میں سرد مہری اور سرتابی پائی جانے لگی۔ العاضد حیران تھا کہ اس کی باگ ڈور کس کے ہاتھ میں ہے لیکن کچھ پتا نہ چلتا تھا۔ خلافت کے بڑے بڑے عہدے دار خود بخود شیرکوہ کے سامنے جوابدہ ہوتے، العاضد ان سب سے کٹ گیا تھا۔ اس نے بہت جلد یہ محسوس کر لیا کہ مصر کا اقتدار عملاً شیرکوہ کو منتقل ہو چکا ہے اور اس کی موجودہ حیثیت شطرنج کے بادشاہ سے زیادہ نہیں ہے اور افسوس تو یہی تھا کہ اس بے بسی کا کوئی علاج بھی نہ تھا۔

اس دوران جیلیا کو شیرکوہ کا ایک خاص پیغام ملا۔ اس میں اسے ہدایت کی گئی تھی کہ وہ کسی بھی طرح شیرکوہ سے ملنے کی کوشش کرے۔ کچھ ایسی باتیں ہیں جنہیں لکھا نہیں جا سکتا۔ جیلیا تو شیرکوہ کی عاشق تھی۔

اور محلسرا سے نکلنا بھی کوئی آسان کام نہ تھا. لیکن یہ مشکل بھی آسان ہو گئی. کسی مملوک نے اس کو یہ بُری خبر سُنائی کہ العاضد اس کی نگرانی کر رہا ہے اور اس کی بہت سی باتیں بگڑی جا چکی ہیں. ان حالات میں جتنی جلدی ہو سکے یہاں سے فرار ہو جاؤ.

جیلیا نے جلدی جلدی ضروری سامان سمیٹا اور العاضد سے ملے بغیر چوروں کی طرح رات کی تاریکی میں محلسرا سے باہر نکلی. پہرے دار مملوک اس کے رہبر اور محافظ تھے. صبا رفتار گھوڑے تیار کھڑے تھے جیلیا اُچھل کر مردوں کی طرح اس کی پشت پر سوار ہو گئی. جیلیا نے ٹُکی چلا کر ایک دم ایڑ لگائی. محلسرا کے چند سواروں نے ان کا تعاقب بھی کیا لیکن اس کے مملوک سپاہیوں نے انہیں خاک و خون میں لوٹنے کے لئے زخمی کر کے گرا دیا. اور یہ لوگ بہت جلد خطرناک علاقے سے گزر کر شیر کوہ کی حدود میں داخل ہو گئے.

جب یہ لوگ شیر کوہ کی قیام گاہ میں پہنچے اس وقت وہ بسیار خوری میں مصروف تھا. شیر کوہ کے پسندیدہ دو ہی کام تھے. ایک نت نئے علاقے فتح کرنا اور دوسرا دس پانچ آدمیوں کی خوراک تنہا کھا جانا. وہ بہت دیر سے کھانے میں مصروف تھا اور بہت سے برتن خالی کر چکا تھا. اس نے اک نگاہِ غلط انداز سے جیلیا کو دیکھا اور کھانے میں مشغول ہو گیا. شیر کوہ کے آس پاس جو لوگ موجود تھے انہی میں اس کا تیس سالہ نوجوان بھتیجا صلاح الدین ایوبی بھی بیٹھا تھا. شیر کوہ نے جیلیا کا صلاح الدین سے تعارف کرایا.

"بھتیجے یہی وہ قتالۂ عالم ہے جس نے نفسیاتی جنگ لڑ کر ہمارے لئے جگہ ہموار کر دی ہے."

صلاح الدین نے ایک اچٹتی نظر جیلیا پر ڈالی اور گردن جھکالی. اب جیلیا بالکل اس کے قریب پہنچ چکی تھی. شیر کوہ نے جیلیا کو مخاطب کیا "اور دیکھ! یہ میرے بھائی شادی بن ایوب کا بیٹا اور میرا بھتیجا ہے اس نے تیرے وطن اسکندریہ کے محاصرے اور حملے کو جس ہمت اور استقلال سے روکا تھا اس پر مجھے فخر ہے."

صلاح الدین نے بے ساختہ کہا "اب بس بھی کرو بہت کھا چکے؟"

ابھی صلاح الدین کا فقرہ پورا بھی نہ ہوا تھا کہ شیر کوہ گر گیا اور مچھلی کی طرح تڑپنے لگا. ایک ہلچل مچ گئی. ایک کہرام برپا ہو گیا. صلاح الدین نے جیلیا کو دوسرے حصے میں پہنچا دیا. اور خود شیر کوہ کو سنبھالنے لگا. کئی دوسرے لوگ بھی بھاگے ہوئے آئے اور شیر کوہ پر جھک گئے. شیر کوہ پیٹ کے درد سے شیر کی طرح بنکار رہا تھا. ہر شخص پریشان تھا. طبیب بُلائے گئے لیکن صبح ہوتے ہوتے شیر کوہ رخصت ہو چکا تھا. وہ مر گیا.

طبیبوں نے اس کی موت کا سبب اس کی بسیار خوری کو قرار دیا.

شیر کوہ کی موت کو لوگوں سے مخفی رکھا گیا لیکن العاضد کو مطلع کر دیا گیا کیونکہ شیر کوہ کی موت سے مصری

وزارت عظمیٰ کی جگہ خالی ہوگئی تھی۔ العاضد شیر کوہ جیسے گھاگ سے ذرا خوفزدہ بھی رہا تھا۔ لیکن جب اس کے مرنے کی خبر سنی تو دل ہی دل میں بہت خوش ہوا۔

جیلیا بھی بہت خوفزدہ تھی۔ تقدیر اس کے خلاف تھی۔ شیر کوہ کی بے وقت اور اچانک موت نے اس کے اوسان خطا کر دیئے تھے۔ اب وہ محلسرا میں واپس بھی نہ جا سکتی تھی اور یہ بھی معلوم نہیں تھا کہ اب شیر کوہ کے بعد وزیراعظم کسے بنایا جائے گا۔ وہ یہ بھی خوب سمجھ رہی تھی کہ فاطمی ہرکارے قاہرہ کے گلی کوچوں میں اس کی تلاش میں نکل کھڑے ہوں گے۔ اسے اس بات کا بھی ملال تھا کہ شیر کوہ نے اس کو جس غرض سے بلایا تھا اسے بتلائے بغیر ہی رخصت ہوگیا تھا۔ اس کی زندگی میں اتنا مایوس کن وقت کبھی بھی نہ آیا تھا۔

شیر کوہ کی تجہیز و تکفین کے بعد صلاح الدین ایوبی جیلیا کے پاس پہنچا اور سوگوار لہجے میں دریافت کیا۔

"اب تو کہاں جانا پسند کرے گی؟"

جیلیا نے رقت سے جواب دیا۔ "تیرے چچا شیر کوہ نے مجھ سے کچھ وعدے کئے تھے ان وعدوں کی رُو سے تیرے چچا کا گھر میرا گھر تھا لیکن اب ان کا ذکر ہی فضول ہے!"

صلاح الدین ایوبی نے کہا۔ "اب تیرا کیا ارادہ ہے؟ کیا تجھے محلسرا واپس بھیج دیا جائے؟"

جیلیا روہانسی ہوگئی۔ "نہیں، میں وہاں نہیں جاؤں گی۔ میں محلسرا سے چوروں کی طرح فرار ہو کر آئی ہوں۔ اب وہاں واپس نہیں جا سکتی۔"

"پھر؟" صلاح الدین نے مختصر سا سوال کیا۔

"کچھ دنوں کے لئے مجھے اپنی پناہ میں رکھ، اس کے بعد دیکھا جائے گا۔ تو نہیں جانتا کہ قصر فاطمی کے شکاری میری تلاش میں اِدھر اُدھر بھٹکتے پھر رہے ہوں گے!"

صلاح الدین اس پر رضامند ہوگیا۔ جیلیا اس کے مرحوم چچا کی امانت تھی اور اس امانت کی حفاظت اس کا فرض اور اس کی ذمہ داری تھی۔

دوسری طرف العاضد کے آدمی واقعی نہایت خاموشی اور سرعت کے ساتھ جیلیا کی تلاش میں مارے مارے پھر رہے تھے۔

وزارت عظمیٰ کا عہدہ زیادہ دنوں تک خالی نہیں رکھا جا سکتا تھا۔ خلافت بغداد کے جو جنرل اس وقت قاہرہ میں موجود تھے۔ ان کی فہرست العاضد کے سامنے پیش کر دی گئی۔ العاضد نے بوڑھے تقی کو اس کام پر مامور کیا کہ ان جنرلوں کے آگے ان کی عمریں بھی لکھ دی جائیں۔ اس فہرست کا آخری نام صلاح الدین ایوبی تھا اور دوسرے جنرلوں کے مقابلے میں سب سے کم عمر بھی۔ یعنی صرف تیس سال۔

العاضد نے بوڑھے اتالیق سے دریافت کیا "اس فہرست کے کس جنرل کو مصر کی وزارت عظمیٰ سونپی جائے کیا تو بتا سکتا ہے؟"

بوڑھے اتالیق نے فہرست کو بغور پڑھا پھر عرض کیا "شیر کوہ کے بھتیجے صلاح الدین کو۔"

العاضد نے دریافت کیا "کیوں؟ کیا یہ نوعمر جوان وزارت عظمیٰ جیسے بھاری بوجھ کو اٹھا لے گا؟"

بوڑھے اتالیق نے جواب دیا "یہ وزارت عظمیٰ کا بوجھ اٹھا سکے یا نہ اٹھا سکے لیکن یہ ضرور ہے کیونکہ یہ نوجوان ہے اس لئے کچھ نہ کچھ ناسمجھ بھی ہوگا۔ اس کی ناتجربہ کاری کے باعث امیرالمومنین باآسانی قابو برقرار رکھ سکیں گے لیکن کسی تجربہ کار اور عمر رسیدہ جنرل پر آپ بالکل حکومت نہ کر سکیں گے۔"

بوڑھے اتالیق کی باتیں درست تھیں۔ العاضد نے خلعت فاخرہ اور اعلان خلافت کے ذریعہ صلاح الدین کو وزیر اعظم کے عہدے پر فائز کر دیا۔ عمر رسیدہ جنرلوں نے اس فیصلے کے خلاف احتجاج کیا لیکن صلاح الدین ایوبی نے حسن تدبیر سے اپنے خلاف احتجاج کو بے اثر کر دیا۔

جیلیا پھر خوش ہو گئی۔ اس کی شوخی ایک بار پھر عود کر آئی حوصلے جوان ہو گئے۔ اس نے سوچا کہ ادھیڑ عمر شیر کوہ کی موت بہت ضروری تھی۔ جب لوگ شیر کوہ کی آغوش میں اسے دیکھتے تو کیا کہتے؟ اور صلاح الدین؟ یہ ہر لحاظ سے موزوں ہے۔ وہ گھنٹوں صلاح الدین کے تصور اور انتظار میں بیٹھی رہتی لیکن اب اس کی شکل تک نہ دکھائی دیتی تھی۔ وہ وزارت کی ذمہ داریوں میں الجھ کر رہ گیا تھا۔ جیلیا کو یہاں کوئی تکلیف بھی نہ تھی۔ لیکن تنہائی اور صلاح الدین کی بے التفاتی سے اس کا دم گھٹنے لگا تھا۔ اس نوجوان کی تسخیر سب سے مشکل نظر آ رہی تھی۔

العاضد کے آدمی جیلیا کی تلاش سے اکتا گئے۔ خود العاضد جیلیا کی جدائی سے مغموم رہنے لگا اور بوڑھا تقی جیلیا کے بارے میں لب تک کھولنا گناہ سمجھتا تھا وہ اس لڑکی سے ڈرنے لگا تھا۔

اس طرح کچھ عرصہ گزر گیا اور جیلیا بے کیفی کا شکار ہو گئی۔

لیکن حالات نے یک بیک پلٹا کھایا اور جیلیا اور صلاح الدین ایوبی کے بارے میں سرگوشیاں ہونے لگیں۔ صلاح الدین گھبرا گیا۔ بغداد سے اس کے باپ کا ایک خط آیا جس میں اس سے جواب طلب کیا گیا تھا کہ "بیٹے! جوانی اور رسوائی لازم و ملزوم ہیں لیکن کیا سچ مچ تو نے رسوائی کا سامان اپنے گھر میں رکھ چھوڑا ہے؟"

صلاح الدین ایوبی کو شرم آ گئی وہ اپنے باپ کا خط لے کر جیلیا کے پاس پہنچ گیا اور دریافت کیا۔

"اب حالات پُرسکون ہیں تو نے اپنی بابت کیا فیصلہ کیا؟"

جلیلیا کو غصہ آگیا عجیب بدمذاق اور جذبات سے عاری نوجوان ہے تاہم مسکراتے ہوئے جواب دیا۔
"تیرے چچا نے میری جو قیمت متعین کی تھی کیا تیری نظر میں وہ غلط تھی ؟"
صلاح الدین ایوبی اس ذہین لڑکی کی بات کا مطلب سمجھ گیا۔ اس نے اپنے باپ کے خط کا مضمون پڑھ کر جلیلیا کو سنایا اور کہا۔" صرف یہی نہیں میرے آس پاس بھی اسی قسم کی سرگوشیاں ہونے لگی ہیں!"
جلیلیا نے شریر مسکراہٹ سے جواب دیا۔"تیرے باپ نے ٹھیک ہی تو لکھا ہے کہ جوانی اور رسوائی لازم و ملزوم ہیں۔ جو شے جوانی کا مقدر ہو اس سے گھبرانا کیا؟"
صلاح الدین نے دل برداشتہ ہو کر کہا۔" میں چچا مرحوم کی وجہ سے تیری عزت کرتا ہوں اور میری خواہش ہے کہ تو خود بھی اسے برقرار رکھ !"
ابھی بات چیت جاری تھی کہ صلاح الدین ایوبی کو اطلاع ملی، العاضد اپنے وزیر اعظم سے محلسرا کے اندر ملاقات کرنا چاہتا ہے جو وفد یہ پیغام لے کر آیا تھا بوڑھا تقی اس کا سربراہ تھا۔ صلاح الدین نے وفد کو باہر ہی ٹھہرایا اور جلیلیا سے مشورہ کرنے اندر آگیا۔ اپنے مختصر دور وزارت میں پہلی بار صلاح الدین کو جلیلیا کی اہمیت اور ضرورت محسوس ہوئی تھی۔
اس نے جلیلیا سے دریافت کیا۔" تو محلسرا کی سیاست سے اچھی طرح واقف ہے۔ العاضد مجھ سے اپنے قصر میں ملاقات کا متمنی ہے مجھے مشورہ دے کہ مجھے کیا کرنا چاہیے ؟"
جلیلیا کے دل میں اُمیدیں پھر جاگ اُٹھیں، صلاح الدین اس سے مشورہ کر رہا تھا اس نے جواب دیا۔
"انکار کر دے یہ ضرور کسی سازش کا حصہ ہے۔ وہاں سے تیری واپسی مشکل ہو جائے گی۔"
صلاح الدین نے اس کے مشورے پر عمل کیا اور حیلے حوالے کر کے وفد کو واپس کر دیا۔
جلیلیا نے بڑی کوشش کی اور غمزہ و ادا کے جتنے تیر تھے صلاح الدین پر سارے ہی آزما ڈالے لیکن ناکام رہی۔ صلاح الدین جلیلیا کے حسن، دلکشی، صحت، توانائی، ذہانت و فطانت کا دل سے قائل تھا۔ لیکن اسے مستقلاً اپنانے پر آمادہ نہ تھا جلیلیا صلاح الدین سے وابستہ ہو کر مصر پر حکومت کرنے کے خواب دیکھ رہی تھی۔ لیکن یہ خواب منتشر ہو گیا۔ جب وہ ہر طرح مایوس ہو گئی اور صلاح الدین کے دل میں جگہ حاصل کرنے میں ناکام رہی تو اس نے فیصلہ کر لیا کہ اسے ایک بار پھر قصر فاطمی پہنچنا چاہیے۔ اور اگر وہ العاضد کو ایک بار پھر بہلا پھسلا سکی تو وہ ہر ممکن کوشش سے صلاح الدین کو وزارت عظمیٰ سے ہٹوا دے گی!
اس نے صلاح الدین سے کہا۔" میں محلسرا واپس جانا چاہتی ہوں !"
صلاح الدین نے حیرت سے پوچھا۔" محلسرا ؟ کیا تجھے اس کا یقین ہے کہ وہاں تجھے کوئی گزند

نہ پہنچے گا ؟"

جیلیا نے جلے کٹے لیکن قدرے سوگوار لہجے میں جواب دیا "میں زندگی سے بیزار ہوں. اگر وہاں پہنچ کر قتل کر دی گئی تو میرا یہ انجام میری توقع کے خلاف نہ ہوگا. اگر زندہ رہ گئی تو بے کیف زندگی پر قناعت کر لوں گی"

صلاح الدین نے کہا. "تیری مرضی"

جیلیا نے دھمکی دی. "لیکن اگر میں محلسرا میں زندہ بچ گئی تو پتا نہیں کس کس کے لئے وبالِ جان بن جاؤں، میں ناکامی کا زخم برداشت نہیں کر سکتی."

لیکن صلاح الدین پر اس دھمکی کا کوئی اثر نہ ہوا. جیلیا محلسرائے خلافت میں داخل ہوگئی. لیکن جب وہ العاضد کو مستقل اپنا لینے کے ارادے سے اس کے پاس پہنچی تو وہ زندگی کی آخری سانسیں پوری کر رہا تھا. اس کی زندگی کا یہ بیسواں اور آخری سال تھا. اس نے حسرت آمیز نظریں جیلیا پر ڈالیں. اور منہ دوسری طرف پھیر لیا. پھر تھوڑی دیر بعد العاضد کی دونوں آنکھیں ہمیشہ ہمیشہ کے لئے بند ہوگئیں. بوڑھے اتالیق نے اس کے چہرے پر چادر ڈال دی اور محلسرا کے در و دیوار سے گریہ و بکا اور آہ و زاری کی صدائیں بلند ہونے لگیں.

بوڑھے تقی کی آنکھیں بھی نمناک تھیں، اس نے جیلیا کو جن نظروں سے دیکھا ان میں ایک پیام تھا، ایک سوال تھا ایک پرسش تھی. بدبول، اب تیرا کیا خیال ہے ؟"

جیلیا کے وجود میں ایک طوفان برپا تھا جو اسے ہلائے دے رہا تھا. اس کا اپنی بدنصیبی اور محرومی پر پھوٹ پھوٹ کر رونے کو جی چاہتا تھا لیکن اسے اس پر بھی قدرت حاصل نہ تھی.

بوڑھا تقی اسے وہاں سے ہٹا لے گیا اور ایک محراب کی آڑ میں کھڑے ہو کر کہنے لگا. "او سرزمین مصر کی حسین لیکن بدقسمت ترین لڑکی! خدا نے تجھے بے مثال حسن اور بلا کا ادراک بخشا تھا لیکن تو ان دونوں کو جاہ طلبی کی سازشوں اور ریشہ دوانیوں میں بے دریغ خرچ کرتی رہی. اور یہ بھول گئی کہ ماورائے حسن اور ماورائے عقل جو کچھ ہے اس پر تیرا کوئی اختیار نہیں تو ان خواہشات کے پیچھے بھاگتی رہی جن سے تیری تقدیر محروم ہے. تو نے اپنی ہر کوشش اور ہر جد و جہد میں طمع اور بے صبری کو پیش پیش رکھا اور نتیجۃً ان کی حصولیابی میں ناکام رہی. ایک ایسی کوشش جس میں قناعت نہ ہو اسی طرح ناکام اور اذیت ناک رہتی ہے."

جیلیا روہانسی ہوگئی. بھرائی آواز میں بولی "میں ناکام رہ کر زندہ رہنا نہیں چاہتی. میں خودکشی

کر لوں گی۔"

بوڑھے تقی نے جرأت سے کام لے کر اس کے سر کو اپنے سینے سے لگالیا۔ "خودکشی کے مقابلے میں یہ بوڑھا کچھ زیادہ بُرا نہیں ہے۔ محبت اور جذبۂ پرستش سے لبریز محبت صرف ایک بوڑھے کے دل میں ملے گی۔ نوجوانوں کے دل ارمانوں کی آماجگاہ ہوتے ہیں جبکہ ایک بوڑھے دل میں حسرت و یاس کے سوا کچھ بھی نہ ملے گا۔ بس وہ ہٹ ترک کر دے اور اس بوڑھے پر قناعت کر، بہتر ہے کہ تیری شکست تیرے ساتھ رہے۔"

جیلیا نے تقدیر اور مشیت الٰہی کے آگے اپنا سر جھکا دیا۔

بوڑھا محلسرا کی پُرپیچ راہوں سے گزرتا ہوا جب جیلیا کو لے کر اپنے گھر جا رہا تھا تو ایسا معلوم ہوتا تھا جیسے حُسن، دلکشی، دانائی اور بزرگی سبھی کچھ اس محلسرا سے رخصت ہو چکے ہیں۔ اور پھر واقعی قصرِ فاطمی نے اپنی جملہ رونقیں کھو دیں اور خلافت فاطمی خلافت عباسی میں ضم ہو کر ہمیشہ ہمیشہ کے لیے رخصت ہو گئی۔